岁月回忆录

黄文灿 著

黑龙江人民出版社

图书在版编目(CIP)数据

岁月回忆录 / 黄文灿著. — 哈尔滨：黑龙江人民出版社，2017.5
ISBN 978 – 7 – 207 – 11016 – 9

Ⅰ. ①岁… Ⅱ. ①黄… Ⅲ. ①回忆录—中国—当代 Ⅳ. ①I251

中国版本图书馆 CIP 数据核字(2017)第 114078 号

责任编辑：吴英杰
封面设计：鲲　鹏

岁月回忆录

黄文灿　著

出版发行	黑龙江人民出版社
地　　址	哈尔滨市南岗区宣庆小区 1 号楼
邮　　编	150008
网　　址	www.longpress.com
电子邮箱	hljrmcbs@yeah.net
印　　刷	永清县晔盛亚胶印有限公司
开　　本	787×1092　1/16
印　　张	13
字　　数	200 千字
版　　次	2017 年 8 月第 1 版　2021 年 6 月第 2 次印刷
书　　号	ISBN 978 – 7 – 207 – 11016 – 9
定　　价	52.00 元

版权所有　侵权必究　　举报电话：(0451)82308054
法律顾问：北京市大成律师事务所哈尔滨分所律师赵学利、赵景波

作者(1954年)

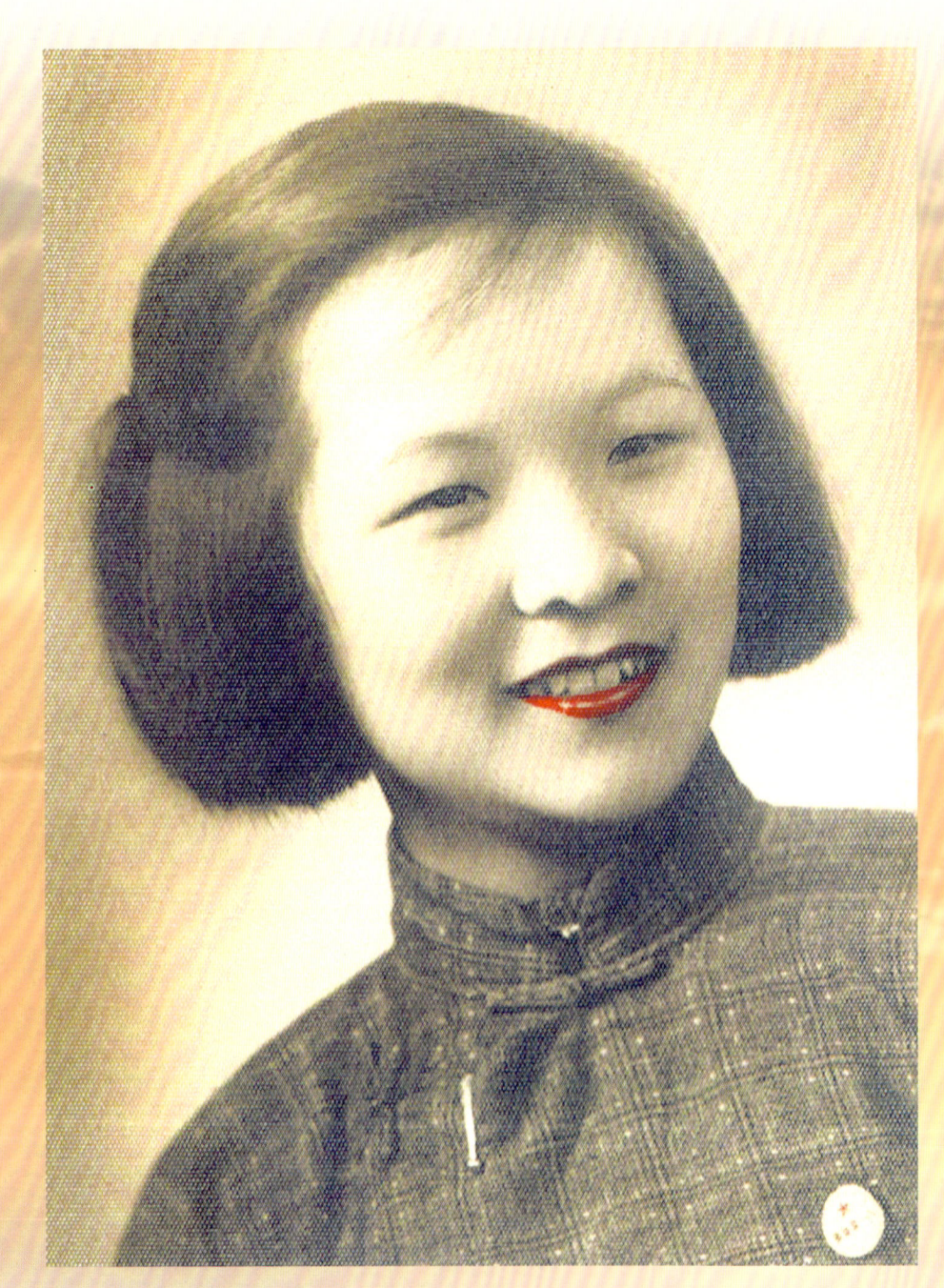

钱爱罗(1955年)

父亲(1913—1990) 　　　　　母亲(1913—1971)

1987年全家照

岳父(1905—1982)

1958年和岳母合影

1956年秋

1959年

1987年全家合影

2000年在欧洲

2005年全家照

2009年与子女钱洪、黄春春、黄林

2011年夏弟弟(左起)和黄鹤鸣、黄永刚

2015年春弟弟黄任远(后排左一)一家(左起)黄鹤鸣、薛菁、黄月、黄永刚、周乃勤

1979年春节弟弟一家和父亲及春春(后排左一)合影

1971年秋天全家合影

代序

岁月流痕　往事回声

黄任远

有一首歌词:"家是最小国,国是千万家。"说的是国家由千千万万个小家组成,国家强盛才有小家的安宁和幸福。每一个国家都有自己的辉煌厚重的历史,每一个家也都有自己难忘的家史。当今喜逢盛世,许多退休的老同志都在写回忆录,写家史,北京中关村海淀区图书城开办了全国首家"家谱传记书店。"

2016年10月初,我82岁的大哥黄文灿携其长子洪儿、女儿春春从杭州飞到北国冰城,在哈尔滨玩了一周,游览了美丽如画的太阳岛,参观了阿城金上京金代历史博物馆,访问了中国现代著名女作家萧红的呼兰故居,欣赏了百年老街中央大街欧洲文艺复兴时期和巴洛克风格西方建筑,品尝了百年老店华梅西餐厅的俄罗斯西餐饮食,参观了充满俄罗斯风情的索菲亚大教堂……

古人云:"以史为镜,可以知兴替。"关注家史是为了传承后代,播撒温暖,面向未来。在家里闲聊中,得知大哥从2016年春节始,在一边回忆往事,一边撰写回忆录。我希望他继续往下写,尽量完整一些,全面一些。大哥从哈尔滨回到杭州后,把写回忆录当作每天的一件大事来做,在年底之前,完成10万余字的回忆录,连同他保存一些旧照片,一起在2017年元旦前寄到了我的手中。

岁月流痕,往事回声。大哥长我12岁,生肖同属猪。在我的记忆中:在绍兴老家,他卷起裤腿下河给我抓过鱼虾;初到杭州城,他领我逛过街;我读小学时,他给我买过铅笔;在1958年全民大炼钢铁时,他身穿杭钢工作服回家看望父母和弟妹……1969年我在杭一中高三毕业后报名下乡，离开杭州前，曾到百福弄看望大哥一家，和三个侄儿侄女合影留念。1980年，我带着大儿子永刚回杭探亲，路过北京，探望了杭钢驻北京办事处的大哥。他陪我们游玩了天安门和故宫，品尝了全聚德的烤鸭，至今难忘。

翻阅着大哥寄来的《岁月回忆录》手稿，在我眼前出现了他不同时期的形象，他14岁进杭州六一厂当了纺织工人；1949年5月解放军队伍开进杭州城时，他站在欢迎的队伍中；18岁时，从工厂提拔到杭州市工业局当了一名办事员，在党报上发表了他的第一篇文章；20岁时被保送上了浙江省工农速成中学深造；24岁毕业分配到杭钢当了一名干部，曾先后担任劳资科员、统计科科员、供销处经营副科长、钢管分厂生产科长、安吉县钢管厂经营厂长。纵观他的大半生，矢志不渝，没有离开过钢铁事业。他把自己的心血和精力全部投入到杭钢的发展之中。他平时喜欢写通讯报道和诗歌。从1953年杭州《当代日报》发表第一篇作品开始，陆续发表作品近百篇。在这本回忆录当中，选录四十余篇，作为他岁月的纪念。这些作品充满了爱国、爱厂的情怀，充满了正能量，给人以力量，给人以希望，给人以涵养，给人以鼓舞。

读着大哥的《岁月回忆录》，在那字里行间，让我知道了我们黄氏家族的前辈曾在福建和绍兴衙门为官，属于世代书香门庭；外婆杜玉姑小时候曾和革命女侠秋瑾同窗读书，是闺房知己；外公曾参加过秋瑾在绍兴组织的反清革命活动；姑父胡海秋曾在20世纪20年代留学法国，和周恩来等是同学，回国后先在复旦大学任教，后走实业救国道路，办起了杭州六一棉织厂，新中国成立后担任杭州市副市长……让我知道了我们家族前辈们的艰辛、奋斗和努力，以及他们的荣誉、成绩和光环，使我对他们肃然起敬和深深的怀念！读着大哥的回忆录，有一种亲切感，大哥爱国、爱厂、爱家、爱父母、爱妻子、爱子女，充满了爱心。我认为这是一部新中国新青年的成长史，是一部励志的、积极向上的回忆录，值得后人学习和领悟。大哥的文字实事求是、秉笔直书、真情流露、朴素流畅，从生活出发，由平凡中发现伟大，在质朴中展现崇高，激励着同辈和后人。他的文笔口语化，像在当面给你讲述他八十余年的亲历岁月和亲身经历，用最贴切的语言，表达出一种对生活的体验，具有真情实感，深深地打动了我，感染了我。

回忆录是一种人生文化、民间文化、家族文化、百姓文化。从大哥的回忆录中让人看到了黄氏家族一代又一代迁徙流动的状况：我们的祖辈从福建到浙江绍兴；我们父辈从绍兴到苏州、上海、法国、杭州；我们这一代从绍兴到杭州、黑龙江；我们的子女从杭州到深圳，从哈尔滨到日本；孙辈有在美国、有在日本，工作在各行各业，各显其能。

大哥的《岁月回忆录》即将在黑龙江人民出版社付梓，我在此衷心祝贺大哥的著作出版，同时祝愿大哥身体健康长寿，全家幸福安康！希望其子孙后代将这部回忆录传承下去，因为它是个人的成长史，又是黄氏家族史，爱国爱厂史和黄文灿家史。

中华民族要复兴、要强盛、要日新月异，要繁荣富强，家长的作用不可估量，家长是一家之长，是子女和后代的楷模和榜样。时代需要有更多的像大哥那样的家长，以身作则、言传身教、激励后代，共筑幸福美好的明天！

是为序。

2017年元旦

（作者系黄文灿弟弟，黑龙江省社会科学院研究员，中国作家协会会员，中国民间文艺家协会会员、中国民俗学会会员、中国社会科学院客座研究员）

目　录

代序 ································· 黄任远

自序 ································· （1）
儿女的祝贺 ··························· （2）
母亲的关爱 ··························· （3）
回忆母亲 ····························· （4）
外孙感想 ····························· （11）

岁月篇

出生小坊口 ··························· （15）
搬迁团基巷 ··························· （15）
大皋埠"王家台门" ····················· （16）
草貌桥"杜家台门" ····················· （17）
长长的新河弄 ························· （18）
试弄的故事 ··························· （19）
仓桥头的回忆 ························· （21）
纺织工人五年 ························· （23）
机关工作三年 ························· （25）
速成中学四年 ························· （29）
冶金战线三十年 ······················· （31）

回忆篇

奶奶和爷爷 ·· (45)

两个小秘密 ·· (46)

外婆的童谣 ·· (48)

岳父和岳母 ·· (49)

父亲和母亲 ·· (53)

大姑和姑父 ·· (55)

文灿和爱罗 ·· (56)

故乡的小河 ·· (85)

学步集 ·· (86)

报道篇

听听工农干部速中学员的声音 ······························ (93)

土法上马 ·· (94)

"这样的人真是少见" ·· (94)

杭市青工节日战斗在车间里 ·································· (95)

金文照8个月节约手套16双 ·································· (96)

众人支持　制造机器 ·· (96)

是谁引来了水？ ··· (97)

手工劳动机械化　提高工效八倍 ···························· (98)

钳工周兴荣制成自动摇头台　提高工作效率十倍 ············ (98)

苦战二夜　安装"及时雨" ·································· (99)

节约粮食为光荣　浪费粮食为可耻 ·························· (99)

小轧青年突击队大炼废料 …………………………………… (100)

小轧车间试验田种得好 ……………………………………… (101)

小轧车间青年掀起增产节约运动高潮 ……………………… (102)

大闹班组竞赛 ………………………………………………… (103)

认真细致做好生产小组工作 ………………………………… (103)

土洋结合闹革新 ……………………………………………… (104)

大抓设备检修维护,小轧生产全面跃进 …………………… (104)

第一线上的一件小事 ………………………………………… (105)

土洋结合闹革新　节约大批劳动力 ………………………… (106)

发动生产工人参加设备维修 ………………………………… (106)

自造镀铬设备 ………………………………………………… (107)

三十余次试验 ………………………………………………… (108)

回收利用废旧料 ……………………………………………… (108)

一堂生动的政治课 …………………………………………… (109)

回乡过节的打算 ……………………………………………… (110)

比先进　访用户　树立高标准思想 ………………………… (110)

无缝分厂建立冷拔"专料专用"制度 ……………………… (112)

当前钢材销售的市场动态 …………………………………… (112)

1982年上半年全省金属材料订货会议 ……………………… (113)

当前冶金产品的市场动态和销售形势 ……………………… (114)

钢材市场发生新变化 ………………………………………… (115)

市场短波 ……………………………………………………… (116)

用户请上门　服务又热情 …………………………………… (117)

前道工序要"优生"　后道工序要"优育" ……………… (117)

— 3 —

家事篇

妹妹和妹夫 …………………………………………… (121)
弟弟的一家 …………………………………………… (122)
浣纱河的回忆 ………………………………………… (126)
杨帆的故事 …………………………………………… (127)
老板的味道 …………………………………………… (129)
股票有风险 …………………………………………… (130)
哈尔滨之旅 …………………………………………… (132)

附录一:外婆讲的故事 ………………………………… (143)
附录二:弟弟的回忆录 ………………………………… (161)

后　记 ………………………………………………… (196)

自　　序

　　从父辈开始，无地无房无余粮，主要靠打工为生，养活老婆孩子，饿也饿不着，钱也不会多。当时买房是梦想，是空想，是泡影，故一生搬来搬去，从绍兴到杭州，先后租房十多次，典型的城市贫民。

　　在共产党领导下，随着改革开放的深入，奇迹发生了，1995年国家的房改政策出现翻天覆地的变化，我和爱罗用75年的工龄，享受优惠价，交了12630元（免税），向国家买下了自住的环西新村31幢2单元501室的房子，建筑面积有55平方米，我家一辈子第一次有了自己的房子，真是无法想象，心情无比激动。

　　岁月飞逝，转眼八十有余。闲时想来，虽为普通平民百姓，平凡一生，但也有许多属于自己的大大小小故事。我按照时间顺序回忆，从2016年春节后动笔，先列提纲，再按章节，边想、边记、边改，最后重抄修改一遍，好比老人重赶考场，再作文章，断断续续用了十个月时间，写下了十余万字的初稿。虽写得普普通通，但一生经历的许多故事，用"认真回忆"这条红线串起来，成了一篇篇小文章。再回过头来，自己读自己，叫自我欣赏，也是一件高兴快乐的事，同时也为下一代留下一点白纸黑字，做个纪念。希望儿女晚年时，也能将自己亲历的故事写成文字，再留下去，那就更好了。

2016年国庆节

儿女的祝贺

钱洪　黄春春　黄林

父亲82岁了，年纪大了，喜欢回忆往事，喜欢讲述过去的经历。

2016年春节，父亲向我们三兄妹提起想写一些回忆的文章，我们都很支持。我们儿女们认为，父亲一辈子有很多经历，有很多回忆，把这些往事记录下来，对父亲自己、对我们晚辈都是一件有意义的事。但对这事能否完成，我还是将信将疑的。国庆期间我和春春陪爸爸到哈尔滨探望叔叔、婶婶时，爸爸又和叔叔谈起此事，当时我就答应爸爸由我来负责电子稿的打印。回杭州后的11月中旬父亲把四万字的回忆录手稿交给了我，我想这可是爸爸的回忆录，我一定要尽快完成任务，为完成父亲的心愿出一点力。白天我在上班时利用空余时间，晚上我和淑雯都要打字到十点多，经过半个月终于将回忆录的电子版打好了。

打字过程中，我读了父亲的回忆录，其中父亲对我们三兄妹儿时情况的描写我感触很深。父亲平时看起来不是很会关心人，但小时候我们三兄妹的一些事情，五十多年过去了，他还记得那样清楚。我三岁时生猩红热在传染病医院住院的情节，春春小时候生伤寒到省中医院挂宣医生的号子看病和阿林到诸暨墨城湖看老中医的故事，奶奶都曾讲给我们听过，这次我在爸爸的回忆录中再一次看到了，同时我也从中看到了父亲对我们三兄妹的关爱，这就是父爱，父爱如山。

今天，父亲《岁月的回忆》一书已经完成，我们三兄妹祝贺父亲完成多年的心愿，敬佩父亲不懈的追求，祝愿父亲健康长寿。

2016年12月

母亲的关爱

钱 洪

母亲去世已经 11 年了,随着时间的流逝,有关母亲的记忆慢慢地变得有些遥远。但在我的睡梦中经常会出现母亲的身影,她的音容笑貌会出现在我的梦中。母亲哺育我们成长,教育我们做人,时刻为我们儿女着想。母亲在生命最后的一段时间里的一些情节,深深地打动着我的心灵,我终生难忘。记得母亲生病的最后一年里,她和病魔顽强地抗争着,身体已经很不好了。那天晚上大约八点多,我在病床前陪她,化疗已经耗尽了她的体力,疼痛使得母亲吃不下东西,晚饭也不吃。她看着我说:"洪儿,这里有护工照顾,你回去好了。"我说:"妈妈,你饭也不吃我不能回去,你吃点东西我就可以放心回去了。"尽管此时母亲一点胃口也没有,但听到这里,她就大口大口吃起了我递给她的蛋糕。这时,眼泪充满了我的眼眶,我知道,母亲是为了不拖累我们儿女而硬吃下去的。还有一次母亲晚上在输血,我在陪夜。我们说了一会儿话,她好像很疲倦,慢慢地睡着了。夜已经很深了,到了半夜一点左右,我看着滴液管里的血液一滴一滴地流进母亲的身体里,端详着母亲消瘦的脸庞,企盼着母亲的病能有所好转。突然,母亲醒了,她看到我还坐在病床边,就责怪道,"这么迟了,你怎么还不回去。"妈妈是在睡梦中惊醒的,她的责怪是不想拖累我们,她心里所想的只是关心儿女,不麻烦儿女。我深深地体会到母亲对我们的关爱,感受到了母爱的无私奉献。母亲在生命的最后阶段,心里挂念的还是我们儿女。

2017 年 1 月

回忆母亲

黄春春

　　值此老爸回忆录成书之际,看到老爸年过八十,仍然文思敏捷,以及他热爱生活、积极向上的人生态度,作为女儿不胜高兴。在妈妈生病期间,老爸一直寸步不离地守护着妈妈,谨以此文,表达对妈妈深深的怀念和对老爸美好的祝福,祝愿老爸福泽绵长、寿比南山!

　　我的母亲是一位集坚强、勤奋、仁爱于一身的女性,她努力工作,孝敬长辈,关爱子女,团结同事,是我的良师益友,也是我一生学习的楷模。

　　母亲1930年出生在一个封建包办婚姻的家庭,外祖父和外祖母婚前几无了解,婆婆亦不喜欢这个媳妇,致使小两口关系恶化,外祖父早年外出打工,在异乡另娶,外祖母不堪丈夫背叛和婆媳矛盾,愤然带着5岁的母亲离家出走。

　　外祖母长得很漂亮,白白净净,眼睛很大,个子高挑,是一位美女,但她性格极为好强,要自己掌握命运,宁死也要争一口气,即使不嫁人也要独自将女儿抚养成人。

　　就这样,母亲跟外祖母踏上了背井离乡之路。当时是1935年左右,适逢连年内战,外祖母为了生计,给人做过佣人,替人洗过衣服,做过小贩,个中艰辛,常人难以想象,而母亲也过早承受了人生的艰辛,养成了事事好强不服输的个性。在我懂事后,母亲回忆及此,说她当时即发誓要好好挣钱,让自己母亲过上好日子。

　　在此记一轶事。母亲四五岁时,外祖母烟瘾很大,每月初购买烟叶,取用较为随意,每至月末烟叶耗尽,烟瘾犯时需上街捡烟屁股以应急,母亲虽年幼亦觉这事失了颜面,所以在每次月初时悄悄收藏少许烟叶,待到月末外祖母烟瘾难忍时一解燃眉之急。

　　后来,母亲慢慢长大,到了该受教育的年纪,但限于条件,外祖母根本无法为母亲提供受教育机会,只得千方百计托人让母亲进了浙江省贫儿园,(当时国民政府为收养孤儿创办的机构)只为能使母亲受到最基本的教育,1939年,当时日本鬼子侵略中国,一路烧杀抢房,无恶不作,贫儿园为逃避战事,一路南下,为了不和女儿分离,外祖母一路打零工,始终跟着贫儿院一路南下。由于连年战乱,卫生条件差,地方上传染病肆虐,贫儿园里也出现了脑膜炎患者,母亲不幸染上了脑膜炎,当时由于连年战乱、民不聊生,药品奇缺,贫儿院里的小孩成批死亡,对外还采取保密措施,可怜的母亲当时几近昏迷,多亏一位好心的工友将母亲的情况偷偷告诉了外祖母,外祖母听到这个消息如五雷轰顶,为了救女儿,四处求助,后来打听到一种叫"大黄素"的针剂可以治这种病,以前这种针剂并不是很贵,但由于当时传染病肆虐,市场上这种药品坐地起价十倍以上,外祖母万般无奈,赶到做活的东家那里,当面跪下,主人问:"钱妈你这是怎么了?"外祖母将情况一五一十跟东家说了,求主人先预支半年工资,买药救人,主人二话不说,取钱交于外祖母说"救人要紧",外祖母赶到药店,药店已经打烊,外祖母边敲门边喊救命,老板披衣开门,问清情况后,说店里只剩下这一支"大黄素"了,但是你要想清楚,这针打下去八个小时如果不醒来,那人就没救了。外祖母怀揣救命药赶到贫儿园,让医生给孩子打针救人,医生开始不同意,因为这个是有风险的,外祖母此时已抱定一个宗旨,如女儿发生不幸,就随女儿一起去了,外祖母苦苦恳求:"医生你救救我的女儿吧!你放心吧!一切责任我自担!"医生动了恻隐之心,同意试试,一针下去,外祖母抱着母亲一夜无眠,到早晨时母亲居然慢慢苏醒过来,上苍有眼,母亲得救了,这得感谢外祖母的东家,在母亲危难中伸出了援助之手,新中国成立后外祖母和母亲专程去看望了恩人,感谢他们的救命之恩。

　　在贫儿园中,都是战乱时收养的孤儿,身世都很悲惨,他们大部分时间做一些力所能及的工作,学一些基础的小学课程内容,母亲深知生活的艰难,在园内表现很好,深得老师和小朋友们的喜欢,有好多小朋友长大都成为母亲的好朋友。

1949年初,外祖母托人将母亲送入杭州六一织造厂摇纱车间做了一名摇纱工,进厂后,母亲在工作上再次体现了她不服输的个性,凭着超人的努力半年不到就掌握了全部技术。当时是每个人有工作任务,实行计件工资制,多劳多得,她按时完成自己的任务后,主动匀出自己的工作量帮助没有完成任务的工友,还用自己微薄的收入尽可能帮助一些家中有困难的工友。虽然她年龄较小,但深得周围工友的敬重和爱护。工人当家做主了,母亲用饱满的热情投入到新中国的建设之中去。1950年经工人兄弟的推荐母亲成为生产小组长。?1951年经全厂工人兄弟选举,全票通过任厂工会主席。母亲当时只有小学文化水平,成为干部以后她认识到自己的不足,积极参加文化学习,还带领着工友们一起参加厂里举办的夜校学习。提高文化水平。因工作积极,思想觉悟高,1950年12月加入了中国共产党,成为杭州市工人阶级队伍中第一批加入中国共产党的党员,也是六一织造厂第一批中共党员。?1953年3月母亲在《当代日报》(今《杭州日报》)发表了题为《六一织造厂缝纫工场的女工们的文章》。

　　1954年经组织部门推荐任命为杭州六一织造厂党支部副书记,

　　1955年提升为厂党总支副书记。

　　1958年实行全民炼钢,支持国家建设,为此组织部调母亲到闲林埠钢铁厂做团委工作,加强青年干部工作。

　　1960年组织上又调动母亲至杭州市运输公司组织科任组织干事。

　　母亲服从组织调动,即使调至边远地区也毫无怨言,兢兢业业做好本职工作。

　　从我记事起,母亲就是我家的顶梁柱,我父亲工作单位离家远(杭州半山钢铁厂),平时吃住都在厂里,一星期才回家一次,我们三兄妹日常全靠母亲及外祖母照顾。母亲单位里是干部,工作繁忙,晚上还经常要开会,常常回到家我们几个小孩都已进入了梦乡,可她回到家还得忙碌到深夜。除了繁忙的本职工作外,还要承担养育子女的工作。当时经济上比较拮据,月收入母亲60元父亲42元,除去房租水电,三个子女还有外祖母的日常开销,同时还要保证外祖母烟酒的钱,每至月底常常入不敷出,月底需要到居民互助会借9元钱周转。月初再还上。三个小孩还常常生病,特别是我,从小身体较弱,三天两头发烧,肚子痛,还生过伤寒症,百日咳,在那医药不发达的年代,那可都是要命的病啊。还要花费不少医药费,照顾我父母和外祖母也花费了大量精力。

母亲个性要强,她工作和家庭都要兼顾,平时在工作上她很少请假,为了不影响工作,只能牺牲休息时间。不论寒暑,每天她都放弃中午休息时间,来回步行40分钟,查看我们三兄妹生活情况同时做点家务。不开会的晚上,也要做好单位的工作和家务劳动,每天睡眠时间不过五六个小时,后来体重降到只有70斤,好东西又要省给孩子吃,她变得又黑又瘦。

外祖母早年生活艰辛,身体也不好,老年患有严重的支气管炎,平时帮着照看三个小孩的日常起居,教育孩子的工作主要还是由母亲承担,在我们的成长过程中,母亲言传身教,教育我们要听党的话,要做诚实的人,做一个对社会有用的人,将为人处世的道理言传身教给我们。

母亲爱孩子胜过爱自己。在我的一生中,母亲是我的保护神,我的支柱,我的依靠。

1987年8月10日,我当时怀胎34周,一天早晨醒来时猛然发现不知何时已经破水,丈夫将我急送医院,母亲知道后也匆匆赶来。当时也不知腹中的杨帆安危如何,自己也毫无经验,躺在病床上六神无主,丈夫则楼上楼下地奔波办手续、咨询医生,此时母亲成了我的支柱,她寸步不离地守着我,虽然可以想象她也心急如焚,但她仍然镇定地轻声安慰我,给我讲生产的事。此时的我,仿佛自己也回到了婴孩的时候,偎依在母亲身边,有了母亲在旁,就什么都不怕,什么都勇于面对。最后剖宫产下四斤六两的杨帆,母子平安。

坐月子是女人生完孩子后的大事。我坐月子的时候婆婆还在上班,白天无人照顾。当时外婆新丧,父亲则接到杭钢交给他一项支援安吉钢管厂扭亏的任务,家中大小事务都需要母亲操持,但母亲二话没说主动担负起了照顾我的责任。时值盛夏,骄阳似火,母亲一早出门,步行加坐车六站路来照顾我,晚上则回家继续处理各种家务事。记得8月份的一次大台风,整个晚上风雨交加。风力达到十级以上,杭城许多大树连根拔起,市内交通一度瘫痪,当时我想今天母亲可能来不了,八点多点,母亲撑着伞,浑身湿透地赶来了。我说妈,今天公交车都没有,风雨又这么大,你是怎么来的啊。她告诉我,今天车没有,我五点多就出门了,我走来的。说得平平淡淡。但我知道我母亲心中一直记挂着我,不放心我啊。

我们家当时住得是自己造的平房,盛夏的太阳把房顶烤得火热。房间内很闷热。当时没有空调,只能使用电风扇。电风扇扇出来的风也是热的。坐月子的我还不能用电风扇,热得够呛,晚上也睡不好,我妈看在眼里,痛在心里。母亲来了需要帮着生煤炉做饭,要洗衣洗尿布,各种杂事做完后,则不停帮我和孩子扇风纳凉。看着母亲满头大汗,忙进忙出,我是感动至极,这种细致入微,天下之间也只有母亲才能如此。这就是伟大的母爱啊。

儿子杨帆慢慢长大了,该上小学了,因母亲家附近有一所安吉路实验学校,实行九年一贯制,在杭州算是比较好的学校,我们选择让杨帆在那里上学。因那里离我家很远,接送照顾实在不便。和母亲稍一说起,母亲便同意让杨帆平时住在她家,并表示由她们照顾杨帆起居。母亲很喜欢杨帆,为了照顾杨帆,总是想着法子做好吃的菜。我母亲过去不太会做菜,后来他经常向别人请教,还学会了做好多菜,特别是炸鹌鹑、红烧虾、红烧里脊这些,儿子爱吃得不得了,多年以后仍然保持着这样的口味爱好,不住地怀念外婆做的菜。这样的日子一直持续到初中毕业,在这过程中,因为我要上班,杨帆爸也经常出差,工作都很忙,母亲为了我和我的孩子,又付出了很多很多……

1992年我得了宫外孕,当时腹痛如绞,而且腹内大出血,有生命危险,想保守治疗已不可能,只能急诊手术,再次开腹。当时剧痛的感受至今依然历历在目。除了杨平,母亲也赶来,看到我剧痛的样子,她当时伤心得流了泪。幸而手术顺利,但术后身体十分虚弱,在住院期间母亲和杨平日夜轮流守着我,安慰鼓励我。出院以后母亲将我接到她家,悉心照顾如同坐月子时一样,就这样在母亲那儿住了半个月,身体康复地非常理想,母亲十分地高兴。

在我宫外孕期间,母亲看着我伤心地说,这病生在我身上就好了,母亲对子女发自内心的爱,就是这样完全不求任何回报,完全不计较个人得失,完全能够付出一切。

说起母亲生病去世的事,母亲从小到大生活艰辛,个性极为要强,打定主意便认定到底。母亲有多年痔疮，但无大碍。2000年6月当时出现较多便血，去医院看病医生建议做肠镜检查，但母亲觉得无其他不适，认为是痔疮所致，就没有听从医生的建议去做进肠镜检查，随后和父亲一起去欧洲旅游，旅游回来后过了半年2001年1月又和父亲一起去深圳过年，看小孙女，期间父亲锻炼时不小心摔伤造成腿部骨折，老妈又着急，又要照顾老爸，人感觉突然消瘦，大便又发黑，这才意识到问题的严重性，回杭州后我陪母亲去杭州中医院检查，不久肠镜确诊为恶性肿瘤。但母亲事先已打定主意如是恶性肿瘤则坚决放弃治疗不拖累儿女，百般劝说无果，无奈之下子女和父亲商议一起将病情瞒住，由我哥钱洪设法做了一张假的报告单，称只是个良性的瘤，又多番劝说，母亲才勉强同意手术，并做了简单化疗。此后母亲身体一下虚弱不少，但终平稳了度过两年多。2004年不幸肿瘤复发，后进一步检查发现多发性转移，此时母亲已经完全接受了现实，并积极配合治疗，同时还经常安慰病友。经过挽救治疗，母亲病情也是时好时坏，医生表示这种复发的情况一般最多只能生存一年，但此时母亲强烈的求生欲望支撑着她与病魔继续做着斗争，在父亲寸步不离的守护下，坚持了长达三年。

母亲在第一次手术后病情稳定期间，我曾接父母一起上我家小住，这是一段相对快乐的时光，老妈喜欢干一些力所能及的事，不喜欢闲着，剥毛豆、晒衣服，她都会很开心快乐，有空的时候母亲会讲以前的事给我听，她说现在的干部没有以前的干部关心职工了，解放初期的干部完完全全一心为公，我母亲解放初期作为杭州六一针织厂工会主席，当时还没有结婚，工资大部分买了国债，支援国家建设，国债到期后看到工友有困难就毫无保留全捐给了困难职工，当时许多干部都是如此。

在复发后一年，母亲的病情每况愈下，在此期间我弟弟黄林时常飞回来探望，我们兄妹三人结伴看望母亲，母亲说自己现在最开心的就是看到儿孙满堂，而且都这么孝顺，又有这么贴心的丈夫，自己感到很幸福，只是生的这个病不好，真的不愿意离开你们啊。我们子女听到了都心如刀绞。母亲还说，2008年是我们国家举办奥运会，如果能活着亲眼看一看北京奥运会，那多好啊。现在回想起母亲的这些往事，我瞬间眼泪夺眶而出……

在最后一年里，母亲身体已经十分虚弱，需要我们轮流陪护，但她晚上总是不让我们陪,怕影响我们休息,老是要督促我们早点回家。有一次我陪夜看护,母亲半夜突然醒来,开口第一句话是"你怎么在这里还没回去?你冷不冷?"口中尽是怜爱之情,我的眼泪夺眶而出,妈妈,即使到现在你的心里仍然只有孩子,可现在恰恰是你最需要关爱啊!

　　写完这些,我心里仍然满是过去我母亲的身影,我今生的遗憾也是我母亲,如果母亲能长命百岁,让我多尽几年孝,那该多好!妈妈我来生仍愿做你女儿来孝敬你!

2017 年 1 月 31 日于家中

外孙感想

杨 帆

昔我年幼，因上学之便常寄居于外祖父母家中，得二老无微不至之照顾，早晚作息，俱赖外祖父母提醒；遇有功课难处，亦尽力辅导；每日晚餐，为合我口味巧做安排，洗衣做饭之辛劳，自不必说。我一时甚爱西洋快餐，则外公每日晚间外出购买，九年之间，凡此种种，不一而足。当时年幼，心安理得，现今思之，实难称孝，惭愧之至。

于我高考冲刺期间，外祖母不幸罹患癌症而去世，竟未能见最后一面，日后选择从医，因此事影响甚深。外祖母仙逝之后，子女俱心忧外祖父受此影响甚大，但见外祖父身体安康，笔耕回忆而不辍，思路清晰，记忆不减，深感欣慰。

追忆外祖父母平日所述种种：幼时尽尝饥荒战乱，外祖母即是逃日寇之难来此；青年时忘我工作，建设国家，钢铁基建，俱有其片瓦之功；上山下乡，兄弟支援边疆，天各一方；十年动乱，受到冲击而隐忍不发；平反之后，继续在岗，默默奉献而不怨不躁；至改革开放，外祖父年且六十，在彼计划经济之尾竟能搏击商海，居时代之先；如今已乐见我中华跻身强国。细细想来，外祖父母这一代，竟然经历了我中华时代之剧变，从外祖父母个人之命运，恰见历史之轮前进。

现闻外祖父之回忆录已临付梓，其言但为子孙留下回忆之财富。则此宝贵经历，我辈子孙安享太平之时不可不思之、记之、勉之。同时希冀各位长辈健康长寿，天假时年于子孙以尽孝，唯愿足矣。

2016年12月于杭州

岁月篇

在故乡绍兴

出生小坊口

从懂事起,母亲告诉我,你出生在绍兴小坊口,城关东街一所两层楼的老宅台门,是爷爷典来的房子,当时他在富阳南货店做账房,奶奶当家,两个姑姑已出嫁,一个在苏州,一个在上海。大伯、二伯和我父母共住在这个大院子里,还算和睦。你出生时间是1935年农历八月十六日,记得最清楚的是全家前半夜看月亮、吃月饼,到十二点点钟声敲过,我肚子痛起来了,生下了你。当年爷爷六十一岁,故取小名"六一"。

小坊口住了二年左右,就搬家了。到七十年代,我凭儿时记忆,曾去看过老宅,巷口"小坊口"搪瓷路牌还高高在上,清晰可见。房子当然有些破旧,楼上楼下还住着五六户人家,显得有些拥挤,当时住房紧张,普遍如此。到2012年再回绍兴,老房子已经拆光,巷口路牌也不复存在,统一建成六至七层居民楼,马路也加宽了,统称东街大道,两边商铺林立,路上车来人往,好不热闹。

搬迁团基巷

在1937年初,因典房到期,全家搬到了不远的团基巷,又是爷爷典的房子。团基巷巷子不深不宽,全长百余米。每个台门整齐划一,左边为平房,右边为二层楼房,青瓦白墙,黑色大门。因具有典型的里弄风格,故从民国保留至今。进大门,有小门,经过道,有楼上楼下,有大小房间,中间有个大天井。奶奶买来一只不小的山龟,顺其自然爬来爬去,没事的我有空和他玩玩,有趣得很。

当时爷爷做南货生意,实为老板的代理人,既管店又顾家,一家人生活不错。我小时候爱吃零食,桂圆、荔枝、枣子、水果、糕点不断,睡觉前也不忘吃上一点,饭却吃得不多,后来牙齿都蛀了,真是后悔莫及。

团基巷50号

大皋埠"王家台门"

1938年抗战全面爆发,日寇侵华,烧杀掳掠,无恶不作。住在城里,人心惶惶,躲到乡下可能安全些。1940年我和水根妹妹,跟随母亲逃难。当时不通公路,只能从绍兴小江桥河下坐船走水路。船工摇啊摇,摇啊摇,两个钟头才摇到外公老家绍兴大皋埠乡下"王家台门",上岸后是一片晒谷的场地,正前方是个大台门,一幢普普通通的老宅。当时外公早故,进大门左边,留下一套自住的八十多平方米老房子。老房子进门左边有个长方形

绍兴旧居小巷

的天井,缸里养着荷花,四周门窗是雕花的,玻璃是五彩的,早晨阳光从窗外进来,房内有光芒四射、五彩缤纷之感。我和母亲、外婆暂住在一起,还有小

两岁的水根妹妹做伴。

大台门内,是一所五进宅院,一进一个天井,两厢有独门住房,全是王姓一家。原是大户人家,好似电视剧"大宅门",因主人早年已故,大宗田产已逐年变卖无几。各家还有几亩土地,有的自耕,有的出租,也仅作口粮而已。可见此时已家道败落,直到土地改革,也没有正规评上地主富农。从前到后,住有大外婆、二外婆、三外婆、四外婆和五外婆,还有不少舅舅家,亲戚众多。逢婚丧之事、过年过节,就会热闹起来,大家圆桌吃饭,又是发个红包,小孩最高兴。

还有一件往事,我永远忘记不了。六岁那年的一个傍晚,太阳落山了,大约五、六点钟样子,我和妹妹在天井里玩耍,无意间抬头,看见进门的左边花窗内,突然站出来两个头戴高白帽身穿白衣衫的人,不笑不怒不说话,就是盯着我们玩。当时倒并不在意,数分钟后消失。回房后告诉外婆,外婆说:"见鬼啦!那间房子原是谷仓,现在放祖宗牌位,常年关门,不可能有人。"当时我和妹妹年幼,事情过去也就算了,不过确实是亲眼所见之真实印象,所以要忘也忘不了。这大概是祖宗显灵?或者是邻居装神弄鬼吓唬小孩?

草貌桥"杜家台门"

1942年秋,到了上学的年龄,只好离开乡下回到外婆家——绍兴草貌桥"杜家台门"。右边上桥不远,是通往北海桥的公路,左边是百年老店"鲍顺泰酱园"和"孟大茂香糕店",绍兴腐乳和绍兴香糕全国闻名。我在台门内的民办小学读一年级,中午到最里面的外婆家绣楼上和外婆大姨一起吃饭,下午放学独自回到母亲租住的新河弄家里。为了少走百米弯路,早上上学,下午放学,都要走新河弄至上大路的一条近路——老弄堂。回忆当年:"过破旧老宅,穿昏暗长廊,弯弯曲曲,行人稀少。"年仅八岁的我,走着走着,又是神经一紧张,毛发倒竖,真有点慌兮兮的感觉。七十年后再想起来,如此"老弄堂"、"黑弄堂"、"破弄堂",确实少有!

初上小学,爱跑爱跳,调皮得很。放学了最高兴,有一次兴冲冲跑出杜家台门时,不小心在高高的石门拦上跌了一跤,当门牙磕掉半颗,急忙自己跑到河边踏步档,清洗止血,怕母亲责骂,回家还不敢说出实情。

在外婆家杜家台门前

长长的新河弄

两片白鲞

新河弄在大江桥与水澄桥之间,是一条长长的里弄,前接上大路,后到万安桥,巷口有菜场,早晚最热闹。到了1942年,母亲为了方便我上学在此租了一套房子,房子前后二室,还有灶间。隔壁是南货店仓库,这天太阳旺,天井里晒着白鲞,满屋子浓郁的鱼香,我放学回来,情不自禁地叫了起来:"白鲞好香呀",凑巧隔壁南货店的大叔听到了,他立即从窗缝间塞过来两片白鲞。母亲次日晚餐做了"鲞烧肉",我饭也多吃了一大碗,真要谢谢隔壁大叔!

两个冠军

1943年秋我转学到距家三华里的万安桥小学。听人介绍女校长任芝英是国大代表,全县有名。当时我读二年级,成绩一般,大概中等偏上。平时爱好体育,四年级全校开运动会时,拿了跳高和200米双冠军。得奖回家,告诉母亲,她一脸微笑。

日本妓院

我家住在新河弄右边,小河上有石桥,对面是一幢漂亮的西式楼房。从下午到深夜里面总是灯火通明,好不热闹。放学回来,经常看到日本军官三五成群地过桥到对面的楼房里寻欢作乐,事后还有穿和服的日本女人出来送客。这大概是日本妓院,专供军官玩乐。

挑水买米

母亲当时三十出头,父亲在外打工,家中和我、妹妹三人生活。屋里没有自来水,为节约起见,饮用水靠母亲借水桶去买水挑来吃。有一天放学回家,母亲脸色铁青地告诉我:"刚才我去挑水,碰到一个日本兵来追我,我急中生智,倒水丢桶,逃进隔壁台门,从后门逃出,再进入自家后门回来。"绍兴老台门之间又深又暗又长,多有后门或边门相通,虽虚惊一场,也着实吓了一大跳,现在还心脏难受!"

母亲第二次受惊吓就更大了。我们是城市平民,为买到便宜的大米,每隔十天半月到城外买米背回来。一次走到城门口,看到几个日本兵在前面盘问搜查一个中年人,不知为啥,在"八嘎呀路、八嘎呀路"混乱声中,中年人头颅被日本兵大刀削得突然落地。母亲见状,吓得死去活来,心都快跳出来了!自此再也不敢出城买米了,心脏也从此得病,后虽经多次求医问药,仍无根本好转。

1971 年 8 月 17 日(农历)母亲因心脏病发作,经浙医二院抢救无效去世,享年虚岁仅 59 岁。

试弄的故事

1944 年初,母亲把家从新河弄搬到万安桥对面的试弄,住在一个破旧的大台门里。台门里中间有一个大天井,你养花,我种菜。周围三面是平房,有五户人家合住,我家在西边,有两室加灶房。当时母亲、我和水根、阿顺两个妹妹住在一起,父亲在外打工,很少回来。当时十岁的我,在试弄这个台门里仅住了一年多，但看到的故事可不少。

"兔子不吃窝边草"

我家隔壁住有一对母子，母亲四十左右，起早摸黑，靠卖粽子谋生。儿子二十不到，既不读书，也不工作，靠晚上挖洞为业。母亲与邻居多次劝他改邪归正，他都听不进去。有时也被警察抓进去，过几天再放出来，还是老方一贴，真是贼性难改。不过挖洞之处，都离家老远，从不在周边附近行窃，自觉执行"兔子不吃窝边草"的潜规则。

凶狠的"家暴"

有一次放学回来，刚踏进台门，看到过道上有人大打出手。一个五十左右大男人，骑在一个四十左右的女人身上，男的一只手抓住女人的头发，另一只手用拳猛击，嘴上还大大咧咧骂个不休。女人眼泪直流，大声呼叫"救命"，因力不从心，被男人打得鼻青脸肿。看到这情景，台门里的人多出来劝架，但收效甚微。我是首次看到如此凶狠的"家暴"，真难以忘怀，当时没有"110"，事情也就不了了之。

"私家妓院"

我家台门隔壁有一条小弄堂，边上有一幢二层小楼，门口有一水井，边上放两条长凳，住有一中年妇女和两位年轻漂亮的姑娘。我傍晚放学回来，经常看到三三两两的日本兵坐在井边长凳上一边抽烟一边排队，嘴上叽里呱啦，脸上嘻嘻哈哈，说个不停。看到他们左门进一个，右门出一个，秩序井然。完事出来，经常有人在井边随地小便，既不卫生又不雅观，一副丑态，这大概就是当时的"私家妓院"，直到日本投降，生意清淡，才自动关门歇业。

香烟换花生米

日本投降前夕，绍兴一中成了日本兵的营房和操场。从试弄到仓桥建有土围墙，上有铁丝网，日本兵经常爬上土围墙挖开铁丝网，嘴上叽里呱啦叫个不停，手上拿着简装的"旭日"牌香烟，换取墙外小贩手里的一包包花生米，成交后还说："米西米西，好来喜！"此时日本兵完全一副饿煞相。

仓桥头的回忆

1945年初，从试弄搬到不远的仓桥头（现仓桥直街），记得对面门口是章姓父子修鞋匠，隔壁是葛老板的木炭店。

我走进仓桥头的小门，是狭小的过道，再步行十多米，就到了现在租住的家。这是一幢半旧房子，楼上二间，楼下二间，再加灶房，后门紧靠小河，船只来来往往，早晚最热闹，各类小事，记忆颇多……

捞河蚌

汽车总站建在北海桥畔，是进出绍兴的集散地，公路两旁多为农田，还有大小鱼塘。下午放学回家还早，有时喜欢和同学到此一游，说说话吸吸新鲜空气，看看稻田、油菜花，顺手抓只花蝴蝶玩玩。当时看到有人在塘里捞出大大的河蚌，手就痒痒的，我们也想试试，当即脱下上衣长裤和袜子，只剩短裤，下到塘里，水到腰部，倒也不怕，用脚踩踩，用手摸摸，找准了就一个猛子下去，捞上来一只河蚌。大约一个小时，每人捞了十多只后就上岸了，正想擦干回家，发现脚上腿上叮着黑黑的东西，急忙用手一只只去拔掉，血也随之慢慢渗了出来，两只脚都红得一点点的，这才知道我们被吸血的蚂蟥叮上了。这蚂蟥叮得虽不疼痛，但也是流了不少血后才止住的。河蚌拿回家经母亲加工做了一道"蚌肉烧咸肉"味道不错。事后想想觉得不合算，下次再也不去了。

进戏院

我有一个小学同学姓郑，他说他爸是东南日报社社长，家就住在仓桥街上，常邀我到他家玩。他家石库门房子大，摆设好，是富人之家。每到周日下午总来找我这个穷伴陪他去觉民舞台看戏文。记得这个戏院在绍兴排在头等地位堪称高级，门票也不菲。当时正在演越剧"孟丽君"，门口的收票员都认得他，我俩进去不用买票。这样一直到小学毕业，观看免费越剧达数十场之多，培养我成了小越剧迷，为后来进厂工作后业余演越剧创造了条件，真要谢谢郑同学!

看电影

日本投降前夕,仓桥对面的日本司令部操场(原址为绍兴一中)每逢周日晚上免费放映露天电影我很喜欢去看,因为第一次看到电影感觉很新鲜。现在回忆,当时电影内容多是一些美化日本侵略、鼓吹中日亲善的宣传,是笼络人心、文化侵略而已。

挖树皮

仓桥左边有一大块空地,前靠马路后沿河边,平时是老人晒晒太阳,谈天说地;小孩玩玩捉迷藏,追追逃逃的地方。经常有成批木材在此中转,吸引了一批批小孩来挖树皮。我放学回来也参与其中,用简单的工具挖一次就是一大篮,多的时候可挖两三篮,拿回家放在灶头边备用,这树皮烧起来火特旺,节省了柴火钱,为家庭作了贡献。

找工作

1948年万安桥小学毕业后,去报考了绍兴一中。因考生多、录取名额少、成绩不优秀,结果公立中学未考上;私立中学学费太贵负担不起没去考。当时家中有父母亲和我,还有二个妹妹一个弟弟,只有父亲一人在六一针织厂跑供销养活全家实在有点吃力。和父母亲商量后,还是我早点出去打工为好。后来托大姑父帮忙找工作,当年8月1日进六一针织厂当学徒,当时我十四岁。厂里包吃包住,每月补贴四块五角。

记得临走那天,父亲出差在安徽屯溪,只好由母亲来送,她特地叫了一辆小汽车从绍兴开到杭州的厂里报到。一路上我因晕车觉得很难过,汽车到了西兴停下来,我吐了一地才略感舒服。

中午时分,车到了中山中路643号,母亲陪我到厂里报到,分配在缝纫车间当学徒,睡觉的地方安排在拉毛车间楼上男工集体宿舍。放下行李后由陪同人员领着我们和司机到食堂用餐,餐后母亲向大姑父道别,急着乘车返回绍兴,家中还有二岁的弟弟等着呢。下午练习生沈祖良叫了一辆三轮车陪我到了小塔儿巷的姑妈家,进门有只狼狗,汪汪大叫,吓人一跳,不过有铁链锁着,不会伤人。

大姑妈亲自出来接我,见到黄家亲侄儿的到来十分高兴,拉着手问我饭吃没有？爸妈可好？忙陪着我去见奶奶。奶奶见到亲孙子特别高兴，问长问短，一家人说不完的家常话……

纺织工人五年

六一织造厂是胡海秋等六位民营企业家在三十年代合办的一家针织企业，其中经理、厂长曾留学法国，专攻纺织技术与管理，回国后为振兴民族经济、实业强国而共同办厂。产品为汗衫、棉毛衫、卫生衫。"绿叶"商标声誉全国，深受百姓喜爱。新中国成立后，产品由"中百公司"统一包销。

十四岁做童工

我1948年8月1日正式进六一厂做工，虚龄十四岁，虽然算是童工，当时也比较普遍，不算稀罕。我先是被分配到缝纫车间当学徒，后去裁剪车间，最后到织造车间，从学徒工到挡车工，，第一年每月补贴四块五角，第二年九块，第三年十二块，三年后转正，工资加补贴每月五十七块九角六分，收入达到当时中等水平。

解放军进城

1949年5月3日是杭州解放纪念日，也是杭州人民难忘的日子。当天下午，车间张主任叫我骑车去通知女工明天来上班，正巧看到解放军进城的场面。上有撤退的国民党飞机隆隆飞过，下有雄赳赳气昂昂，一队接一队，步伐整齐，荷枪实弹的人民军队行进在中山中路上，场面十分壮观。我停车后，站在马路边上和大家一起鼓掌欢迎，边上还有人打出了横幅大标语："欢迎人民解放军解放杭州！"

打腰鼓

为了庆祝1949年的建国大游行，杭州兴起了打腰鼓热，厂里成立了腰鼓队，请了专业老师，我首先报了名。大家在业余时间抓紧操练，平时互相交流，辛苦三个月后，已经像模像样，既能敲鼓又会打钗，头系白毛巾，脚穿白球鞋，绸衣绸裤，上红下绿，脸上稍加化妆，既精神又漂亮。铜钗一响，鼓槌一敲边跳边舞,热闹欢快。10月1日参加了杭州首次国庆大游行,腰鼓队走在大街上表演,受到了街道两旁老百姓的拍手欢迎,这时辛苦已不在话下,心里还甜滋滋的,以后每逢节日盛典,总少不了我们六一厂腰鼓队的身影。记得1951年浙江省博览会时,厂里大型针织机都搬到平湖秋月的展馆展示。展品从工业品、农产品、土特产到医疗卫生用品、食品,样样俱全。以平湖秋月孤山为核心,围绕西湖周边,参观者真是人山人海,水泄不通。我厂腰鼓队也在白堤上来回表演助兴,欢乐无比。

1952年

说起打腰鼓,感慨万千。六十多年过去了,人换了一代又一代,每逢节日庆典还有人在打,还有人在敲……

狗腿子专业户

厂工会为了丰富职工文化生活,根据针织厂女工多、越剧迷多的特点,1950年厂里成立了工人业余越剧队,请来了导演,排了反封建婚姻的"牛郎织女"这出戏,分配给我的角色是演剧中地主的狗腿子。此剧在年底参加了杭州市工人业余越剧比赛,因狗腿子表演到位,活灵活现,被市工人文化宫越剧团导演相中,指定我再去演他们剧团"刘胡兰"剧中的狗腿子"石头","石头"设有AB角,我演A角,突出的是做工;杭州皮鞋厂的王震林演B角,唱功甚佳(后考入浙江越剧院)。至今我还忘不了"石头"刚出场的台词:

　　我,我的名字叫石头,
　　粪缸里的石头硬拉臭,
　　吃喝嫖赌样样来,
　　专门的手段是拐、骗、偷!
　　拐、骗、偷!

评上优秀生产组长

新中国成立后,在党、团、工会的教育下,工人翻身做主人,逐步懂得了以主人翁的态度来对待生产、工作和学习。首先加入了共青团,被选上当了生产小组长,我积极参加增产节约运动,支援抗美援朝,主动团结小组全体师傅们,努力加强班组管理,带头忘我劳动,加班加点,月月出色完成生产任务,被评为优秀生产组长,获得领导和群众的好评。同时我积极投入三反五反运动,对资本家的五毒行为,面对面地检举、揭发、斗争,不手软、不留情。

1954 年摄

成为首批办事员

因生产工作出色,思想进步,被工作组推荐,由杭州纺织工会提拔为政府办事员,于 1953 年 10 月 30 日持介绍信到杭州市人民政府工业局报到,有人事科张明科长接待,分配到纺织工业科工作,时年虚龄 18 岁,成为杭州市人民政府工业局首批办事员。

机关工作三年

杭州市人民政府工业局是 1952 年 10 月成立的,我当月 30 日报到,1954 年考入浙江省工农速成中学后离开,前后工作三年左右,给我留下深刻的印象。

优越的地段

单位设在风景秀丽的湖滨路 86 号(现改 46 号),六公园正对面。门口挂着"杭州市人民政府工业局"的牌子,往里有二幢办公小楼,一前一后,一模一样,当时是七八成新的小洋房。楼房上下二层,红漆地板,玻璃钢窗,前后阳台；四周绿化漂亮空气清新，阳光充足，好一处清净的办公场所。

出门左边是长生路，全长800米，直通东坡路、延龄路、孝女路和中山中路。隔壁是市委工业部、市妇联、市劳动局接连在此办公。右边是小车桥、省劳改局，斜对面红房子是政协礼堂。沿圣塘路过去，左边是市委、市政府，门口有解放军站岗，里面是靠湖边的花园洋房，有平房，也有二层楼房，市委书记陈伟达和市长江华在此办公，当时办公一切从简，其实都是利用从前留下的私人老旧房子。

为了解决附近机关干部就餐问题，圣塘路的右边建有数百平方米的市府食堂，是用毛竹大棚搭的临时建筑。早上供应馒头稀饭、大饼油条、酱菜、腐乳、咸鸭蛋，中午大肉青菜加米饭馒头等多个品种，晚餐也有供应。伙食费平均一天四角左右，统一使用市府食堂饭菜票，如果都在食堂用餐，每月伙食费占一般干部月收入的20%左右。

坚强的领导

市工业局人员五十有余，来自四面八方，局长袁啸吟（金萧支队领导干部），副局长邹青（部队转业军官）、朱新予（丝绸高级工程师、民主党派负责人），人事科长张明（女，部队转业干部，爱人吴宪是省委副书记），计划科长肖明（女，随军记者、杭州日报总编，爱人王平夷是市委书记），手工业科长季不易（部队转业干部），轻工业科长虞瑞德（杭一棉厂长），纺织科长裘南安（都锦生丝织厂厂长），秘书科长兼团支部书记邱子豪。副科长多为对口的副厂长调过来的，技术员、办事员是对口行业提拔上来的年轻工人干部。

在市府领导下，有革命老干部当家，有技术专家把关，有技术人员和办事员齐心协力，大家团结一致、边干边学，把为企业服务、为基层服务、为生产服务的"三个服务"放在首位，为杭州市的工业发展努力贡献，完成了市委市政府布置的各项任务。

最大的科室

纺织工业管理科，是全局人员最多的科室，科长裘南安，副科长方能由（杭州绸厂副厂长），丝绸工程师蒋师岗，老办事员童仕林，新办事员黄文灿、方玉兔、方彩罗、费连根、钱宝生等六人均为杭州市纺织工会从工人中提拔的。全科十人分工明确，负责全市丝厂、绸厂、布厂、纱厂、针织厂、毛巾厂、袜子厂等行政管理工作。我的职责是联系二家纱厂,一家针织厂,还有数十家毛巾袜子厂,负责企业开业、变更、歇业的审查登记和生产情况统计等工作。月初了解企业上月生产计划完成情况,月中检查生产作业计划进度,月底总结当月生产中经验教训和存在问题,向上级领导汇报情况和提供参考资料。

机关宿舍

进机关后,我先分配到长生路139号干部宿舍(市一医院边上),这是一幢旧民宅,上下二层多个房间,可住数十人,中间是天井,边上有公厕,有专人管理卫生,有自来水和开水供应。次年宿舍检修,又搬到武林路255号(安吉路小学前身),进大门有个小教堂,晚间还有人来唱圣经,星期日有人来做礼拜,教堂后面穿过圆洞门是一块大草地,左边一排二层楼住房,有二十多个房间做干部的临时宿舍,我一住就是一年多。伙食全靠市府食堂,星期天回父母家吃团圆饭。这时,母亲也把全家户口迁入杭州,因临时租的一间房比较小,我和妹妹、父亲都只好住在厂里的集体宿舍。当时出门一靠走路,二靠自行车,因工作需要,我买了一辆红色的波兰产自行车代步,工作和生活方便不少,当时马路上行人不多汽车少,空气新鲜,交通事故更少,比起现在安全舒适多了。

给党报投稿

工作建议
对改进杭市毛巾生产的几点建议

杭市人民政府工业局纺织科 黄文灿

杭市毛巾生产,极大部分是手工业品,产品以低档为主,大多销于农村;每年在茶茧上市后,即为旺销季节。但由于各厂技术设备差,经营管理不善,致产品质量低,成本高,形成了目前产销不平衡、生产不正常的情况;如不力求改进,将会影响生产的正常发展。现在。我个人提出如下的改进意见,供各厂参考。

(一)重视与提高产品质量。过去,各厂对产品质量均不甚重视,片面追求产量,因此次货情况颇为严重。首先如毛头偏长,织物组织松,牢度不强等,不能与川沙、温州等地产品相比,影响销售。其次是分量不足,各厂因分量轻而验成乙级产品的甚多。如玉敏毛巾厂今年第一季度乙级产品估百分之二十三,六合毛巾厂第二季度乙级产品估百分之二十二,建华毛巾厂在第二季度所产二百二十打十八两彩巾,竟全部验为乙级产品上述次货极大部分均系轻份所致。此外,由于各厂在漂、染、烫、整方面技术差,往往影响成品耐用程度。如六合毛巾厂所产一〇二毛巾,因漂整不慎,影响了部分产品耐牢度,买主反映不好。上述情况说明:提高产品质量乃是目前各厂生产上亟待解决的问题。

(二)推陈出新,扩大品种,改进花样。由于人民物质与文化生活的不断增长,毛巾的品种花样就须随着人民的需要的增长而不断的改进。但到目前为止,杭产毛巾,不论替政府加工或自己经营,一般都是全白和彩条二种,墨守成规,很少研究改进。因此,影响成品销路,使产销不能平衡。今年第二季度,建华毛巾厂为了打开自销,开始研究和改进了品种花样,新增素色小格、彩色大格、不褪色印花、月画条色等品种,销售量即超过原品种百分之五十以上。杭州百货供应站今年第三季度加工毛巾,也增加了彩格、方格、皇后印花、格子印花、西子式、月画条式、儿童式等新品种,并试制了枕巾及手帕,估计销售情况必然良好。但这仅是转变的开始,本市各毛巾厂今后尚须进一步学习改进品种的成功经验,逐步做到推陈出新,扩大品种,改进花样,符合人民的需要。

(三)改善经营管理,节约开支,降低成本。各毛巾厂由于技术设备差,再加经营管理不善,因之管理费用大、浪费多、成本高。如东方毛巾厂只有十三台织布机,但工人及管理人员却有二十三人,再加其他开支方面的浪费,因而管理费用要占总成本额的百分之十五左右。另外,各厂由

1956年

于管理薄弱及劳动纪律松懈,对机物料和原材料都不注意节约,因之制造费用一般都超出应有标准。为了节约开支,降低成本,今后各厂必须认真的改

善经营管理,力求节约开支,降低成本。

(原载杭州《当代日报》1953年8月11日二版)

速成中学四年

临安读书

为提高文化素质,经本人申请,领导批准,1954年7月报考省工农速成中学,当年8月15日经浙江日报公布录取500名学生,通知8月18日到杭一中报到。因新校舍在建,第一年暂借临安中学分部开学,共有学生498人,其中工农成分占63.11%,有中共党员287人,共青团员205人,其中劳模62人、立功受奖者209人,来自人民解放军103人,全校干部职工21人,教师31人。当时利用旧的教室,宿舍借用农舍挤一挤,食堂与会堂是用毛竹搭建的大棚,早晨跑跑步,下课打打球,周末开文艺晚会,年底还开了一次全校运动会,有500人参加,我报名400米,跑了59秒。当时学习生活半军事化,学生一律享受每月30多元人民助学金,大家过得挺开心。

杭州新校舍

新校舍建在文三街,左边是杭州大学,右边是省委团校,进校后中间是跑道,四周建有教育大楼、学习大楼、大会堂食堂、学生宿舍等四幢漂亮建筑,1955年秋正式迁入新校舍读书,校党委书记刘剑从外交部调来,校长徐朗从嘉兴专署文教科科长调来,教师都是从全省中学老师中挑选来的。省委对办好工农速成中学十分重视,希望尽快培养出又红又专的人才,加快社会主义建设。

三件人生大事

春季,校领导派我和三名同学代表速成中学参加省机关运动会,4×100米进入了决赛,跑了第六名,准备不够充分,成绩不理想。

夏季，苏联伏罗希洛夫主席访问杭州，全校师生在中山公园门口列队欢迎，上午11点敞篷车经过，在周总理陪同下，伏老红光满面，看起来身体十分健康。贵宾们住在西泠桥畔的杭州饭店，下午总理陪伏老游玉皇山，凑巧碰到"六一厂"一群女工在山上搞活动，她们看到伏老和周总理突然到来，又惊又喜，一致起立，热烈鼓掌，齐喊"伏主席好！""周总理好！"，当总理问后得知她们是六一织造厂的职工时，就立马发问："你们老板是胡海秋吧？""想早年我们在法国里昂勤工俭学时还是同学呢。"总理日理万机，还如此思路敏捷，记忆惊人，了不起，了不起，真是人民的好总理。

钱爱罗（1955年）

秋季，八月十四日，我与钱爱罗到杭州中城区人民政府办理了结婚证（中民结字第00897号），结了婚，完成了终身大事。

"反右运动"

1957年全国开展了轰轰烈烈、大鸣大放的"反右运动"，校党委书记刘剑和校长徐朗均被批判，双双评上极右派分子，大字报铺天盖地，大小批斗会无数。被评上右派分子的还有我们语文老师吴全韬，学生会主席、团总支部书记和少数学员。当时人心惶惶，多不敢说话。数年后，全党总结了历史经验教训，在"实事求是"和"有错必纠"的政策指导下，全国百分之九十五以上的右派分子先后得到平反。

"大办钢铁"

1958年7月，我在省工农速成中学用四年时间读完了初中和高中全部课程，通过大考，准予毕业。当时是有统一免考保送大学的，待遇享受助学金。爱罗和我商量，因钱洪已两岁，全家四口仅靠爱罗一人工资负担，生活有困难，故决定放弃上大学的机会。经校领导同意后，于当年11月分配到半山钢铁厂，投入冶金战线工作，参加大办钢铁运动。

关于放弃上大学这件事，按当时现实，应该是个错误的选择。事过境迁，难以弥补，也只能由两个儿子来帮忙实现。钱洪，电大毕业，机械工程师。黄林，重庆大学毕业，高级规划师，高级建筑师。

和杭钢销售处同事合影

冶金战线三十年

杭钢概况

杭州钢铁厂（简称杭钢，原半山钢铁厂），于1956年开始筹备，1957年春天在皋亭旧址破土兴建，经过二十八年的建设和发展，到1983年，这里已建成"半山脚下的十里钢城"，经过16385名职工的共同努力，达到了六好企业标准，浙江省人民政府于1984年7月7日命名杭钢为1983年度省六好企业。

1984年在改革的推动下，又取得了新的进步。钢铁材的产量分别为38.55万吨、32.06万吨和30.89万吨，比1983年增长8.53%、5.07%、2.93%，创造了新的水平。

建厂以来的二十八年中，主要经历了六个阶段。

1956年至1958年上半年，为建厂第一阶段——艰苦创业阶段。

1958年下半年至1960年，为大办钢铁阶段。

1961 至 1966 年为调整恢复阶段。

1967 至 1976 年,杭钢处于十年动乱之中。

1977 至 1978 年,为整顿发展阶段。

1979 至 1983 年,杭钢走上了振兴之路。

做劳动工资五年

本人于 1958 年 11 月进厂,正处于大办钢铁阶段,先是在小轧车间人保组搞劳动工资工作。组长是李文亭,负责保卫工作,是部队来的老同志,待人真诚,大家关系不错。1961 年小轧与中轧合并,工作不变。1960 年被厂部派去长兴县和平矿招工,为无缝钢管车间的筹备发展提供劳动力和骨干力量。我还被派去省重工业厅参加劳动工资培训班,提高业务水准。在轧钢系统先后干了五年劳动工资。业余时间给"半钢通讯"、"浙江青年报"、"浙江工人报"、"杭州日报"、"浙江日报"先后写了数十篇稿件,这也算是我的爱好。

首篇报道

大办钢铁运动中,我亲身参与深受感动,给"浙江青年报"写了第一篇通讯报道,抄录如下:

个个英雄汉　人人巧男子

当全省青年欢庆青年社会主义建设积极分子大会召开的时候,半山钢铁厂小型轧钢车间的青年传出了喜报,他们和全厂职工一起奋战一个半月,于本月 14 日制成了本省自制的第一套土轧钢机,并轧出了钢材。现在,车间团支部书记徐得先正在杭州参加省青年社会主义建设积极分子大会。

去年 11 月底,土轧钢工地周围满是野草和坟堆。在材料供应和技术人员缺乏的情况下,要制造一套土轧钢设备,确实有很大的困难。

面对这个艰巨的任务,车间党委把所有人员分为筑炉、车辊、土建和安装制造四个小组,分头进行工作。参加建设土轧钢机的 70 多个同志,70% 以上是青年小伙子,个个摩拳擦掌,像小老虎一般地投入了战斗。

开始平土了,可是没有工具。土建组的同志就去拾来许多破土箕、旧榔头,自己修理自己装。没有房子,工人们拾来旧毛竹,搭起了草棚。在挑土时,大家装得满、跑得快,四天时间就完成了十天的工作。分配到拾砖的十多个小伙子,干劲也很大,两天内拾到火砖、青砖3000多块,有的同志差不多跑遍了全厂。当时,团员寿善灿正在支援平炉车间烧火,他想:"轧钢得筑炉,筑炉必须有材料,我不能想些办法吗?"当天下大夜班后,他没有向饭堂走,也不向宿舍跑,直朝废料堆跑去,转来转去找了好一会,终于看中了两根报废的圆钢,回去叫氧气工割一下,真是顶呱呱的炉栅!

轧钢必须要有烘钢炉,可是找不到筑炉工。就是来了筑炉工,要他们用这种拾来的"杂牌砖"来砌炉子,也不一定有把握。车间党委把这个任务交给了青年组长刘孝宝。孝宝心里想:"困难是有的,但这是党的决定呀!况且自己小组里有不少同志做过泥工,多少有点经验。"就向党保证:"坚决完成!"孝宝回去和小组里同志一商量,没有人表示反对,只是共同感到任务繁重和光荣,真好像肩负千斤重担一样,孝宝对大家说:"困难是死的,人是活的。我们活人要打倒死困难。党花了许多心血培养我们成为一个轧钢工人,这次工作是我们从上海学习回来送给党的第一个礼物,所以只许成功,不许失败!"他的话正代表了全体筑炉工人的决心和愿望,十个小青年一边筑炉,一边学习,遇到困难就商量,看不懂图纸就主动请教负责设计的老茹同志。经过三天的紧张战斗,终于提前四天筑好了烘钢炉。

在安装制造小组里,图纸上缺少轧钢机横梁的设计,而横梁是轧钢机必须的装置,摆在手边又没有现成的东西。团员冯胜根、青年陈炎元、齐韦君就跑到废铁堆里找来四根轻轨,焊在机架上,自己做起了横梁。

在制造零件中,有不少是锻工的活,可是没有锻工。有人主张到外面去加工,团员王南朋说:"外面加工可不行,时间又长,价格又贵。""我们不懂就学吧!"青年陈炎元也同意王南朋的意见。他两人边做边学,在短时间内学会了一些锻工的生活,既省钱又省时地完成了部分零件的制造。

在土轧钢机的制造过程中,厂内外各单位,发扬了共产主义协作精神,支援他们克服了重重困难,本省第一套提轧钢机终于诞生了!

(原载浙江青年报 1959 年 1 月 23 日第一版)

做计划统计十八年

1963 年第四季度,计划统计人员学习"上海先进经验",回厂后在领导与群众支持下,我设计了一套比较完整的原始记录和生产日报,于 1964 年 1 月正式开始实行。1964 年下半年,由于合同数量和规格品种不断增加,为了避免出差错,总厂光下达产量计划,具体规格由分厂根据合同安排三班作业计划,加强了分厂的责任性和积极性,完成合同进度做到了有据可查,确保按时交货。同时在学习上海兄弟厂先进管理经验的基础上,开始全面制订钢管生产规章制度,主要有以下几种:

生产管理(计划、统计、调度、投料、现场);

技术管理(工艺、操作、质量、流转卡、安全);

设备管理(维修、备品、备件);

材料管理(计划、定额、回收);

劳动管理(定员、工资、奖金、考勤)。

这是当时全套管理的雏形。1964 年初经动员、讨论、修改到试行,得到了大多数职工的理解和支持。质量开始按部颁标准检验,产质量逐年上升。

1963 年钢管年产 1195 吨;

1064 年钢管年产 1779 吨;

1965 年钢管年产 4206 吨;

1966 年钢管年产 5788 吨;

职工素质逐年提高,经济效益不断上升。

钢管生产奖励办法

1963年前,奖金分配是按季(月)小组评比,分一二三等奖,名额按比例分配,班组好坏一个样,职工缺乏积极性。1963年底"学上海"回来,我就积极主张对奖金分配以生产工人为主体进行改革,用百分制按月考核生产班组的产量、品种、质量、消耗、安全等五项指标,得分多奖金就高,逐月累计,还可作为年度评比班组先进的主要依据。通过改革,在奖金分配上初步体现了多劳多得,深受职工欢迎,激发了劳动积极性,促进了产质量提高,降低了消耗成本,保证了人身设备安全。为当时施行全面经济责任制考核办法打下了基础。

韶山

钢管生产分班作业制实际上是坚持责任制为核心的生产体制,从学上海回来,1964年至1966年执行了三年,产质量上升,效果显著。"文革"中,有人处于政治需要,擅自将原"冷拔生产分班包干作业"改为"集体流水作业",造成平均主义大锅饭升级,钢管产质量下降。"文革"结束后,我用书面和口头多次建议"恢复分班生产",同时积极做好各项准备工作。从1978年11月份起分厂正式宣布恢复生产计划分班责任制后,生产作业率和质量得到显著提高。

"十年动乱"到"拨乱反正"

1967年至1976年,遭"文革"破坏,杭钢处于十年动乱之中,停产闹革命,两派搞武斗,合理的规章制度被推翻,产品质量大幅下降。因本人是规章制度具体制订者和执行者,曾经遭到点名批判。

1978年党的十一届三中全会后,拨乱反正,在上级领导的支持下,重新修订和恢复了合理有效的管理方法和制度,直到1981年6月全面推行了钢管分厂全套生产管理制度,本人对此起了带头与创造的作用。

出书《Φ76毫米无缝钢管生产手册》

杭钢的无缝管生产在浙江是首家，从无到有，最早最大，在全国是同类厂35家之一，从60到80年代，国内还无人为"Φ76毫米无缝钢管生产手册"成书。本人利用多年从事钢管专业管理的条件，将信息，资料，知识，经验等通过搜索整理，分析汇编后成册。于1980年底与徐孝康工程师合编出版，1981年初内部，发行，实属首创。普遍反映"专业性强，资料齐全，数据准确，是一本钢管生产实用工具书。"有一定的参考价值，先后受到省冶金局，兄弟厂和本厂职工的欢迎（附手册一本）。

提合理化建议

1985年底，由于热轧钢管生产在设备，生产管理方面存在一系列问题，因而热轧掉队管增加而造成废品损失每月达一万元之多，同时影响分厂能耗、钢耗、成本、安全和文明生产。本人在第一线深感痛心，为此用业余时间一个多月的多方调研，数据收集，反复思考，分析整理，写成一篇小论文，题为："减少热轧掉队管的途径分析"。其内容从掉队管现状，造成原因，减少途径到预期效果，作了叙述和分析，全文约3000字。如果完成第一步方案年节约值33850元，完成第二方案年节约67700元。以建议的方式1986年3月由分厂上报杭钢合理化建议办公室，1986年4月获杭钢合理化建议奖（附建议底稿一份，原件存质量管理处）。

加入中国共产党

1978年党中央召开十一届三中全会，

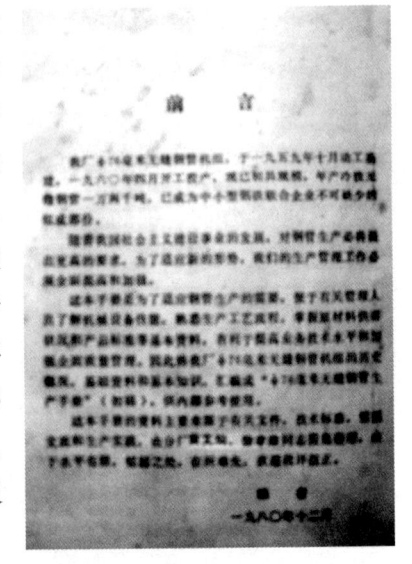

全面进行拨乱反正,国家结束了十年动乱,企业开始整顿发展。我个人多年要求入党的愿望,也终于实现了。1979年12月由葛炳熊(钢管分厂厂长)和谢小春(生产科调度员)介绍入党。

供销处任经营副科长

下面抄录几篇有关报道供参考:

向全厂职工同志谈谈市场调节和市场动态

国民经济贯彻调整方针以来,钢材被迫出现了市场调节的新局面。通过市场调节,突破了五个禁区:一是突破了"企业生产全靠国家计划分配任务"的禁区。现在钢材生产计划已改由国家订货合同和企业自销合同这两个部分组成;二是突破了"生产资料不是商品"的禁区。现在钢材可以当商品登广告,组织展销、代销、推销;三是突破了"工不经商"的禁区。如鞍钢在去年初办了一个钢材零售商店。连0.2公斤的小生意也有求必应,用户十分欢迎,仅半年时间就出售了20 000多吨;四是突破了"国营企业之间不搞竞争"的禁区。以质量求生存,以品种求发展,以薄利求多销,已成为客观的现实;五是突破了"钢材只有一个价格"的禁区。出现了浮动价、地方价。

目前钢材市场,库存普遍增加,价格趋于混乱,竞争十分激烈。而市场与销售是紧紧相连,销售与利润又息息相关。为此,从我厂产品销售角度,向全厂职工同志提供如下点滴信息:

在七月初全国钢材交易会上,据126个生产企业单位的统计,成交量45 000吨左右。其中由八个单位组成的浙江代表团,仅杭钢一家做了槽钢为主的2355吨生意。

为期半月的杭州交易会,成交量为4850吨。其中杭钢以小型材为主卖出了2 110吨。

六月底止,全省钢材库存统计:全民所有制单位计划27万吨,实际36.56万吨(不包括集体所有制单位的7-8万吨。其中省金属公司计划2万吨,实际5.93万吨,超计划库存两倍)。

  我厂以总工办为主,正在积极完成试制出口梛头钢的任务,经用户试用合格后,明年在本省即可"以出顶进"争取 8 000 吨任务。最近据外贸部同志反映,如果杭钢质量过关,可积极向同行介绍,预计每年可争取"以出顶进"3 000 吨。

  钢材运输已上升为销售的一大难题。我厂有上万吨发往广州的产品,在运输严重被阻的情况下,需从宁波中转海运,厂领导亲赴宁波解决这一难题,打开了华南航线大门。

  综合省内外用户的要求,目前对钢材产品提出了"八要八不要":要优质名牌的货色,不要粗制滥造的产品;要沸腾钢不要镇静钢;要乙类钢不要甲类钢;要国拨价不要地方价;要齐尺不要短尺;要现货不要期货;要生产厂的不要物资部门的;要近路的货不要远路的货。

(原载 1981 年 8 月 1 日杭钢报)

我厂被评为全国冶金企业销售合作先进单位

  本报讯 冶金部四月十四日至十五日在山东烟台召开了全国冶金企业销售工作会议。会上,鞍钢、首钢、杭钢等大中型企业作了经验介绍,相互传递冶金产品要求的信息,确定了八三年冶金产品销售的方向。我厂还被评为全国冶金企业销售工作先进单位。

(原载 1983 年 5 月 18 日杭钢报)

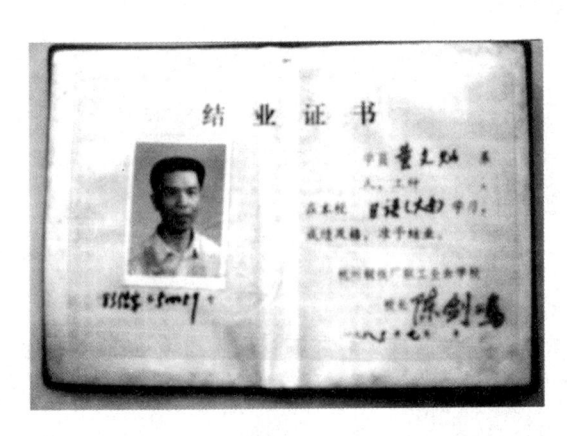

结业证书

在车间开会

证书

钢管分厂任生产科长(1984-1987年)

安吉县钢管厂任副厂长

1987年3月至1989年12月,由于革命老区安吉县办厂需要,由厂工会杨主席提议，经厂组织部同意，借聘至安吉县钢管厂，负责供销业务，任经营厂长。

安吉县孝丰镇赋石乡，属于山区，地区偏僻，交通不便，工业比较落后，1985年筹建钢管厂，1986年7月投产，由于原料无保证，技术不熟练，销路打不开，造成亏本，县、乡、厂领导十分焦急，特地到杭钢求援，要求派人帮助办厂。

本人受组织委派，与1987年3月1日正式借聘至安吉县钢管厂任经营厂长，我利用市场信息，按销售学原理和厂部现状，适时做出经营决策。第一，原料毛管，到杭钢和无锡钢厂求援，两家都答应分批支援，进价经讨价还价，逐步由高到低，为此降低了成本。第二，组织主要工种的生产骨干到杭钢钢管分厂跟班劳动和接受技术培训，提高生产操作技术和班组管理水平。第三，关键的工模具缺乏，由杭钢支援解决。第四，为打开钢管销路利用我原有的客户资源，在杭州和安吉先后召开用户座谈会和钢管订货会，邀请对口的用户代表参加，由乡黄书记和徐厂长介绍县乡和本厂情况，我谈了当前市场动态，诚恳征求用户意见，经共同商讨后，按用户需要和本厂实际签订无缝管供销合同。

先进生产者证书

经济师任职资格证

经大家一年多的努力工作，我主要负责出谋划策，牵线搭桥，带头开拓，终于一步一步打开了供、产、销、三座大门，原料供应从不足到吃饱，生产技术从不熟练到提高,销路从打不开到吃得饱,到 1987 年底,企业扭亏为盈,人人喜笑颜开。

我被安吉县钢管厂称为办厂能人,被赋石乡政府评为优秀厂长,被安吉县人民政府评为先进生产工作者,授予荣誉证书。

1988 年进一步增加生产规模,扩大生产经营在杭州开设门市部兼办事处,既销售本厂钢管,也兼做市场钢材买卖,为厂部增加利润,因此效益不断提高。到 1988 年底,钢管产量破千吨大关,产值达到 290 万元,创利润 19 万元以上,和上年相比有成倍的提高,成为安吉县重点企业之一,受到县政府的重视和表扬。本人 1988 年度又被评为先进,由于支援社办企业,用人有方,也为杭钢争得了荣誉。

评上经济师

本人从事经济管理工作 33 年以上,业务专长有二,一为无缝钢管专业,生产管理;二为物资销售专业经营管理。为杭钢加强企业管理提高经济效益做了一些基础工作。在 1989 年 8 月 5 日经杭州钢铁厂经济会计统计专业中级职务评审委员会评定,具有经济师任职资格。1989 年 11 月 11 号浙江省冶金工业局颁发经济师证书。(证管第 0220014 号)

干部退休

1989 年 12 月 31 日,由杭钢党委组织部批准退休(字 083880 号)。我出生于 1935 年 8 月 16 号,浙江绍兴人,原工作单位杭州钢铁厂钢管分厂,原职务干部,1952 年 10 月参加革命工作 37 年 2 个月(实际工龄 42 年),退休后居住在杭州昌化路环西新村 31-2-501 室,工资级别企干 9 级,退休费 124.20 元,各项补贴 41.50 元,每月领取 165.70 元。

在绍兴

回忆篇

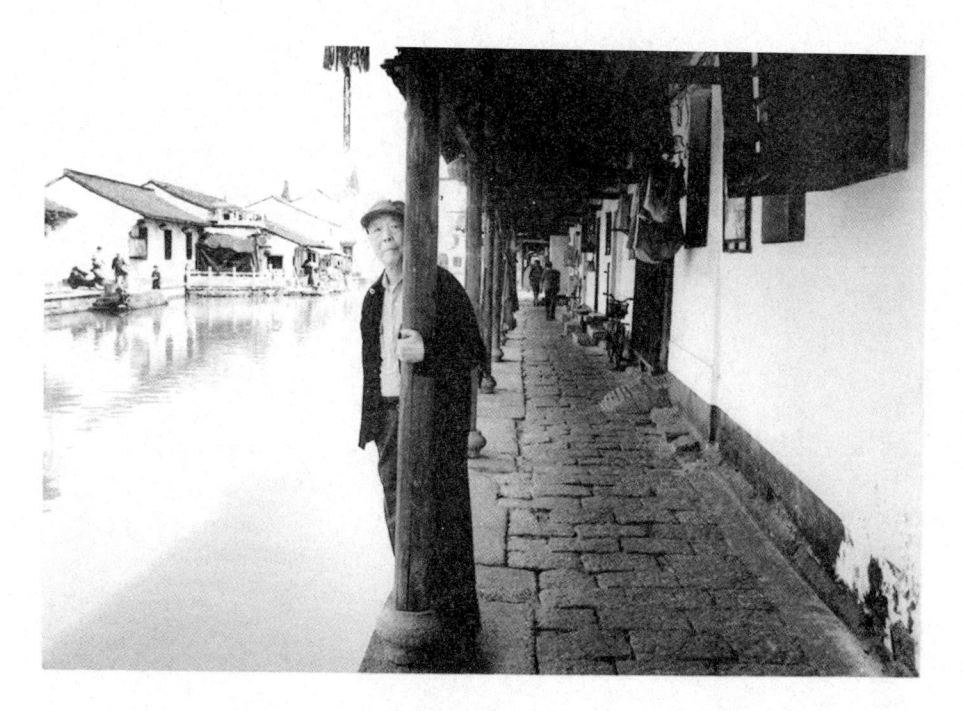

在故乡绍兴

奶奶和爷爷

奶奶叫俞荣姑,1878年11月16号生于绍兴,是个慈眉善目的老人,一生辛苦,抚育五个子女,三男二女,我父亲是奶奶最小的儿子,排行老五。

爷爷叫黄继皋,又名黄元贞,1875年1月24日生于绍兴,听奶奶说,爷爷的上辈是嵊县人,书香门第,世代为官,做过绍兴师爷,在福建 浙江有点名声,到了爷爷这一代,日子就败落了,爷爷兄弟四人,排行老三,年轻时当过富阳南货店的账房,到南方跑过生意,一家人不愁吃不愁穿。后来在爷爷外出期间,南货店发生了一场莫名大火,人虽未受伤,但账本全部化为灰烬,账务由原来的人欠我到后来的我欠人,1937年10月10日,爷爷因生气而病故,享年63岁。从此一家人生活就变得艰难了,经常上当铺当东西过日子,因为家境败落,父亲十几岁就去上海当学徒了。

绍兴古轩亭口

奶奶大女儿黄雪英最孝顺,家境也好,故奶奶长期和大女儿住在一起。我在六一厂工作时逢星期天就去看看奶奶,拉拉家常,大姑母总叫我吃了中饭再走。新中国成立前后,奶奶和大姑母一大家,连保姆共有十余口人,住在一个大园子里,前门是小塔儿巷,后门是大塔儿巷,有楼上楼下、大小天井、小桥流水、树木花草、亭台楼阁、花园池塘,塘中有一群红色的鲤鱼和黑色的青鱼,追人讨食,十分逗人。五反运动后,随大实业家的女婿胡海秋搬到了思鑫坊巷租住,奶奶直到1958年4月19日病逝,终年81岁,与爷爷合葬于绍兴平水。

两个小秘密

外公为什么英年早逝

外公姓王,老家在绍兴大皋埠乡下王家台门,出生于1883年,兄弟五人,排行老大,家有田地房产,上代以读书为重,师爷为业,出身书香之家,从小熟读四书五经,成年后考入绍兴衙门当差。不久父母包办,娶妻成婚,不到一年,妻得怪病身亡,独居三年后,再娶杜家姑娘为妻,俗称填房,也就是我后来的外婆杜玉姑。

1907年,外公25岁,正独居期间,年少气盛,对封建礼教不满,倾向改革。后经人介绍与当时回绍兴暗中主持训练革命党人的秋瑾相识,私下参加了大通学堂的学习。

当年秋瑾与徐锡麟共建革命军,准备起义,因事发被捕,就义于绍兴轩亭口。

起义失败后,大批革命党人被捕入狱。外公运气好,侥幸逃过此劫,心中却十分恐慌,由此一病不起,请假养病达一年之久,直到1908年再婚,杜家姑娘进门,才有好转,逐渐恢复健康,冲喜成功。

秋瑾烈士纪念碑

通过亲身经历,方知革命之艰难,虽回县衙上班,从此小心翼翼,安分守己度日,养活一家四口。年复一年又一年,心头旧病复发,自感一生太没出息,百感交集,忧郁成疾,回家开柜放衣,又被双蛇交配惊吓,突发心脏病于1919年亡故,年仅37岁。

外公婚后生有二女,小女儿便是我后来的妈妈王雅珍。外婆年轻守寡,靠剩余田产收点租米,加上老底,节衣缩食过日子,供二个女儿养大出嫁。解放前夕,连口粮田都卖得精光,只剩一套破旧的老宅,借给侄儿王子康一家免费居住。自己将户口迁到杭州银枪班巷3号小女儿家养老(据外婆生前口述)。

爷爷为什么被活活气死

爷爷黄继皋,1875年1月24日生于绍兴,上辈是嵊县人,书香门第,世代为官,做过绍兴师爷,在福建浙江有点名声,到了爷爷这一代,日子就败落了。爷爷兄弟4人,排行老三,年轻时当过富阳南货店的账房,后升任总经理,实为二老板,多次到南方做生意,一家人不愁吃不愁穿,过着富足的日子。

富阳南货店,地处闹市区,生意好,口碑佳,由小到大,一开就是二十多年。爷爷自知做生意既要跑南闯北,又要回家照护,早就培养好二个徒弟当接班人,开始从店员做起,手把手地教,几年下来,看到他们年轻实干,肯卖力气,会动脑筋,服务诚信,价格公道,老小无欺,店里品种多,服务态度好,能招徕生意,带动全店职工,年年上台阶有利润。爷爷既放心又满意,只是常常给他们发奖金以作鼓励,其他也就放任不管了。

平时的例行检查,物资数量准确,账目清楚平衡,账务总体盈余,只发现部分欠账长期未能收回。

殊不知,账务是要亲自管的,人是要变化的。贪是无厌的,坏事总要暴露的。最后二人自知假账越多,贪污越大,眼看已无法弥补大窟窿,干脆一不做二不休,使出了丧尽天良之毒计,贼喊捉贼,于1937年6月的一天夜里在店里放了一把大火……当时爷爷正在外地出差,得知消息,急回富阳查看,幸好店内无人员伤亡,但物资烧掉过半,账务室的账本全部化为灰烬,往来账务由原来的人欠我变成了我欠人。这场莫名大火,无从查起,估计二个亲信肯定有问题,为了毁灭罪证,将账本烧光,什么线索也没留下,最后跑到消防队求援,跑到法院告状,足足等了三个月,音讯全无,不了了之……爷爷自知用人不当,缺乏监管,后果是一场莫名大火毁掉一生之积蓄,坏人逃之夭夭,自己与董事长共同破产,越想越冤,一病不起,于1937年10月10日病故,享年63岁。

外婆的童谣

回忆童年,回忆往事,外婆的童谣在我脑海里出现,在我耳边响起:

摇啊摇,摇到外婆桥,
外婆请我吃年糕,
糖蘸蘸,多吃块,
盐蘸蘸,少吃块,
酱油蘸蘸没吃头……

外婆叫杜玉姑,出身绍兴名门望族,1887年农历十二月初一出生在老宅——"杜家台门"。老宅历经百年沧桑,如今依然屹立在绍兴城内,门口挂着市级文物保护建筑的招牌。

20世纪90年代,我回绍兴探亲时,看望了外婆家的这座历史悠久的七进民居,其气派不亚于红楼梦中描写的大观园。

老宅门前的两只石狮子,依然默默地看守着宅院。回忆起当年老宅的后花园,有小桥流水,假山池塘,树木花草;四季变化,到了五月,石榴花开,火红一片……秋天树上果实累累,挂满大大的红石榴,远看像似上百只小小的红灯笼在闪闪发亮。往里走,上二楼,还有外婆曾经住过的绣楼,房内有古老雕花的百子床。推窗望去,是"鲍顺泰酱园"的后院,西边有一排排盛满酱的大缸在晒太阳,东边有个大竹棚,堆着待修的酱缸和酒缸,修缸师傅终日叮叮当当地劳作,似一首弹不完的乐曲。远处上有蓝天白云,下有北海桥、稻田、鱼塘和汽车站,还有直通杭州笔直的公路……

外婆小时候缠过足,读过私塾,识得不少字,值得一提的当年有名的绍兴女侠秋瑾,那位写有"秋风秋雨愁煞人"名句的女诗人,曾是外婆在私塾读书的闺中女友,同窗同桌。

外婆年轻守寡,生有两女,大姨上过学,因恋人投身革命被反动派杀害,患上精神病,老是面壁,自言自语,生活不能自理,一直靠外婆照顾,直到病逝。

母亲是外婆的小女儿,大姨去世后,外婆来到我家时。已是60多岁有些驼背的老人了,她大门不出,二门不迈,除了三餐青菜米饭之外,就是阅读古书打发时光。

每当我和上学的弟弟回家时,是外婆最开心的时候,因为有了跟她说话的人,我跟她说说外面的世界变化,她给我讲些老故事,内容有偷吃长生不老的月中嫦娥,有热心为莺莺和张生相会的红娘,有锁在雷峰塔里的白娘子,有双双化蝶的梁山伯和祝英台……。这些传奇故事,讲得有声有色,真叫人佩服。

外婆是我在杭钢时,赴北京出差期间病逝的,回来后已安葬在留下杨家牌楼了,母亲陪我去墓地看望过,伤心地哭了一场。

外婆于1965年12月6日病逝,享年78岁,虽去世五十多年了,但她的音容笑貌,她给我唱的童谣和讲的故事,还一直回响在我的耳边,她永远活在我的心上。

岳父和岳母

岳父钱金华,1905年11月生于诸暨江藻镇新宅村,小学文化,成年务农,高个子,黑皮肤,小眼睛,与父母兄弟同住一套农房,属于贫下中农。婚后,经人介绍去嘉善打工,长期在干窑镇的砖瓦厂跑供销,寄回工资养家糊口。

岳母何桃花,1904年3月25日生于诸暨何家山头,有一亲妹子嫁在墨城湖。虽没有读书,但从小学得一手女工活,缝衣、做鞋、养蚕、采茶样样精通。眼睛大,皮肤白,个子高挑,相貌好,婚后深得老公喜爱。却招来了封建婆婆的嫉妒,儿子外地回家,规定要先到母亲那里报到,看到小夫妻恩爱亲热,老太婆心中醋瓶倒翻,唠唠叨叨,指桑骂槐。媳妇也是能干女子,结果是一辈子婆媳不和,最后影响了夫妻关系。

婚后次年生一男孩,大眼睛,白皮肤,像妈妈一样漂亮。尚未满月之际,亲戚邻居爱开玩笑,冰冻天在太阳底下,一定要打开包包让大家看看,到底是男是女?由于不懂卫生常识,幼儿受冻后,不久发病至死,岳父岳母十分悲痛,大哭一场。

过了二年,再生一女,小眼睛,黑皮肤,前额突出,相貌像爸。当时很多人说,这样的小孩好养,肯定养得活,养得好,这就是后来的独养女儿钱爱罗。

由于长期分居,岳父在嘉善干窑有了外遇,既不离婚,也不回家,钱也不寄来了,仅靠岳母在家采茶养蚕,给别人做针线活养活女儿。后来岳母外出打工,带着宝贝女儿到杭州找生活做,在省贫儿院做清洁工时,设法将女儿入院免费读书。抗战期间母女二人随着贫儿院在浙西山区逃难,在丽水县碧湖镇女儿还生了一场脑膜炎,全身发热,不省人事,真叫岳母一人急得团团乱转,多方奔走,求人帮忙。贫儿院的校医看到她们贫病交迫,伸出了援助之手,全力相救,针对病情,打了特效针,病情不久就有了好转,身体得到了恢复,但还是留下了轻微的后遗症。

1950年代初,岳母在解放路青年百货商店为老板做保姆,养活女儿。后托人介绍,于1949年上半年将女儿送进六一织造厂摇纱车间当工人,住的是女工集体宿舍,拿的是计件工资,多劳多得,这样岳母总算放下心来。女儿在厂女工集体宿舍住了三年左右,因臭虫太多,皮肤经常被咬,肿得一块一块的。母亲心痛,才决定在厂旁边的百福弄3号二楼租了八平方米的阁楼,母女才团聚,相互可照顾。

我和爱罗,经过四年恋爱,于1956年秋登记结婚,当时我在速成中学读书,拿的是助学金,一时又找不到婚房,全靠小阁楼过渡。

婚后第二年,爱罗生了个男孩,有六斤四两,岳母特别激动,特别喜欢,心花怒放,笑得合不拢嘴,她把在外做的临时工也辞了,主动照看小孩。那天等我从杭钢回来,她早将孩子户口也报好了,取名"钱洪","钱"是钱家孩子,"洪"是洪福广大的意思,我想岳母如此喜欢男孩,她是长辈也就尊重其意吧！

　　二胎是女儿黄春春，三胎是儿子黄林，都是爱罗所生，岳母都喜欢。她竭尽全力帮助养好三个小孩，从学前到幼儿园，再上小学、中学到大学，全身心地付出，直到孩子长大成人。孩子也懂得大人的心思，对岳母十分亲热，十分敬爱，口口声声叫岳母为"奶奶"（实际上是外婆）。奶奶对小辈们的衣食住行都管的牢牢的，好好的，如小菜，每天多少都买点肉或小鱼，好的都先给小孩吃，自己往往吃点剩菜。她爱好一口烟酒，也是吃低档便宜的，当时吸的是简装利群和雄狮，喝的是三角五分一斤的散装加饭酒，真是苦了一辈子。

　　一直到1987年3月，我奉组织之命借调到安吉县钢管厂当副厂长，奖金多了，收入高了，家庭经济大有好转。我和爱罗对岳母说："现在家庭经济条件好起来了，环西新村新房子也住进来了，小孩也都长大了，钱洪生了儿子钱彬，春春与杨平也结婚了，黄林重庆大学毕业分配在北京

黄林、钱洪、黄春春小时候留影

建设部工作。我们永远也忘不了您几十年的辛苦和功劳，您可以享福了，我们尽量满足您的要求。"岳母听后，脸带微笑，十分高兴，连连点头说："我晓得，我晓得。"

　　岳母真是从心底里喜欢小孩，1987年7月钱洪带儿子钱彬来玩，当时还不满三岁，人生的又白又漂亮，岳母特别高兴，看他从藤椅上下来玩火车，要跌倒的样子，就顺手向前想去扶他一把，不料扑了个空，自己却跌到了。她说大腿痛，洪儿急忙背起奶奶到市中医院检查，拍片诊断是左大腿骨折，医生说年龄太大，不能开刀，只好配点药回家休养。

　　经过一个月左右的病痛折磨，去医院复诊配药，也未见好转，吃得越来越少，人也不断消瘦。有一天，她坐在藤椅上，我给她泡茶，她连一辈子最爱

吃的茶也不想吃了,我此时十分难过和愧疚,我对妈说:"你晓得我比爱罗小五岁,结婚又太早,年少不懂事,常发生口角顶撞,让您生气。现在懂起来了,我非常懊悔,对您不够尊重,不够孝顺,要请您多原谅!"妈妈只轻轻地回答说:"算了算了,过去就好了,今后你和爱罗要好好关心孩子管好这个家。"

到了8月7日夜里,我和爱罗在床边陪着她,发现呼吸越来越小了,我还用对口呼吸来抢救,最后到后半夜三点左右岳母断了气。我叫爱罗在家里,自己骑自行车去敲春春家和洪儿家的门,杨平和钱洪立即过来帮忙处理后事。春春当时刚十月怀胎,因伤心过度惊动胎气,于8月10日早产,生了男孩,取名杨帆。

岳母于1987年8月7日去世,享年84岁。她一生是辛辛苦苦,劳劳碌碌,全心全意为子女服务,刚要享福,就匆匆地离开了,小辈们感到十分难过,我们会一辈子想念您的!

为了完成岳母生前遗愿——

1958年

"叶落归根,要回老家",我和爱罗提出申请,经当地村委会同意,在诸暨江藻新宅村山上修了一个普通的墓,将骨灰盒放进去,并立碑纪念,每年清明前去祭扫。后来发现上山扫墓虽然不远,但路太难走,人容易跌倒。杨平提出修一条上山的水泥路直达墓地,并当场出资一万元委托德法娘舅组织施工。次年清明节前水泥路完工,还找还了建路剩余的三千元钱,大家既满意又高兴,我还拍照留念,周围有坟墓的家属也都十分高兴。这件事既方便了我们自己扫墓也方便了大家,杨平和德法做了一件好事、实事、积德的事。

1987年

父亲和母亲

父亲黄桂生,1913年8月24日生于绍兴都四门头俞家台门。1920年2月至1923年12月在龙王塘读私塾,1924年2月至1927年12月在同仁小学毕业。由经理相雨田介绍,1928年1月至1932年10月进上海东陆织造厂(六一厂前身)当学徒到店员。后到上虞茶厂做过职员,苏州酒店当过司账,因失业在绍兴做过流动小贩,跑过单帮买卖南通土布。

经大姑父胡海秋介绍,父亲1949年8月进杭州六一织造厂,先后做过营业员、栈务员和驻屯溪销售代表,1953年公私合营后,工厂改名为杭州针织厂,进入了供销科工作,直至1973年底退休,连续干了二十四年,才平静地回家团聚。他业余时间有两大爱好,一是爱练字,小字清秀、端庄、漂亮;二是拉二胡,为越剧爱好者伴奏。自得其乐,与世无争。

父母结婚为1934年,是旧式婚姻,经媒人介绍,由外婆亲自上门看女婿。当时爷爷在富阳和

父亲

— 53 —

私人合开南货店,家境还不错,父亲在外地当职员,他身高1.73米,眼睛大皮肤白,穿一套银灰色中山装,戴一副金丝边眼镜,一双皮鞋闪闪发亮,相貌堂堂。外婆看了十分满意,当场拍板同意了这场婚事。

母亲王雅珍,1913年7月4日生于绍兴大皋埠王家台门,外公在县衙做事,外婆负责家务。1919年外公因突发心脏病去世,留下外婆和二个不满十岁的女儿,全靠剩余的几亩田收点租金,加上一些老底,节衣缩食过紧日子,勉勉强强将两个女儿养大成人。

1987年春节

婚后第二年的中秋节,全家看过月亮吃过月饼的后半夜才生下了我。母亲曾告诉我说:"当年爷爷六十一岁,所以给你取个小名叫六一。"母亲还多次提起一件往事,1937年我三岁时得了"白喉",那时候这种病很容易死人的,跑了几家医院都说是不行了,家里急得团团转,后来到外国人开的绍兴教会医院,医生说可救,但必须打"盘尼西林",此针在市面上又少又贵,十分紧俏,父亲在外打工,母亲没有文化,家庭经济又不好,为了买高价针剂,母亲在走投无路之下,下狠心将结婚时做嫁妆的金银首饰全部低价变卖,为我治病。由于对症下药,及时打了盘尼西林,人保住了。母亲叹息说:"你这个人啊,真是用金子银子打造出来的。"事实也是如此,母子血肉相连,没有母亲也就没有我,母亲的恩情我一辈子也报答不了。可怜天下父母心,天下母亲真伟大!

婚后,父亲为了家庭生活继续外出打工,每月发工资后,将大部分钱寄回家,有机会就回家一趟,看看老婆孩子。家中的一切都由母亲做主安排,靠着父亲一个人的工资过着穷日子,直到孩子长大成人,自食其力,才松了一口气。想当年我和二个妹妹都先后在14岁、12岁、16岁时就到工厂打工赚钱,补贴家用。

父母有二子三女,大儿子黄文灿(杭州钢铁厂退休干部、经济师),小儿子黄任远(黑龙江社会科学院退休、研究员、著名赫哲族研究专家),大女儿黄水根(杭州针织厂退休),二女儿黄顺园(杭州针织厂退休),小女儿黄顺宝(杭州市园管局退休)。

母亲一生劳累,又受日本兵惊吓,身体一直不好,59岁时死于心脏病。父亲78岁时,因不知道自己有糖尿病,浙二医院医生注射葡萄糖后去世。

一个最普通的职工之家,父母亲就这样度过了平凡的一生。在小女儿的安排下,最终将父母亲合葬于杭州南山公墓普五区八排十八号。每年清明节,小辈们都会去扫墓,怀念先辈寄托哀思。

大姑和姑父

大姑叫黄雪英,我14岁到六一厂当学徒才第一次见到,她50岁左右,白白净净,英姿犹在,其模样这有点像国母宋庆龄。

大姑一辈子就在家操持家务,相夫教子。她生有二女三子,后来都当了医生、工程师、导演等,很有出息。她一生节俭粗衣淡饭,饭桌上离不开绍兴霉干菜和腐乳。

记得1948年8月进厂开始,星期天放假总去大姑家,一是看看奶奶,聊聊家常;二是和比我小四岁的表弟玩自行车,我骑车就是那时学会的。后来车间张永宁主任经常叫我去做挨家通知女工上班的事情,我骑车代步,对工作有利。

大姑对我特好,多次问我学徒生活如何？厂里劳动是否习惯？叮嘱我要虚心学习,要学技术,要尊敬师傅,要注意安全,不要怕苦怕累,好好干活,一定会有出息的。她还教我如何生吃番茄,要先剥皮,放入杯内加糖搅碎后再吃营养最佳,我是第一次尝到如此美味的果汁。大姑每次都要留下我吃中饭,还多次亲自下厨给我做我从小爱吃的红烧肉。随着季节的变化,还经常送我一些时令衣服,怕我热着冻着,真是无微不至的关爱。

她到了80岁左右,还几次乘公交车来看望比自己小14岁的弟弟。有一次因汽车急刹车受了伤,子女就不敢让她独自出门了,我父亲知道后深受感动,特意赶去探望大姐。

大姑积极参与政治,关心国家大事,多次担任全国妇联代表,直到1981年病故。

我的大姑父叫胡海秋,20世纪20年代是一位进步青年,当时在教会学校念书,因学业优秀被选送到法国留学,和中国老一辈领袖人物朱德、周恩来、邓小平等曾是同学。他回国后先在上海的复旦大学当教授,后来继承父业,担任了杭州六一织造厂总经理。新中国成立后,经北京的中央政府邀请,参加了全国政协筹备会议,担任过杭州市副市长,不幸的是1957年,因为说实话、提意见,被打成右派,下放工厂劳动改造,整日打扫工厂大院。后来平反后闲居在家,翻译一些法文著作,自得其乐。

粉碎"四人帮"后,他被重新任用,到省工商联、省政协部门任职,一直到83岁病故。我弟黄任远在图书馆翻阅全国政协文史资料时,曾见到姑父当时的一些回忆文章。我弟还曾经当面对大姑父说:"您的经历那么多,写部回忆录吧。"他平静地说:"老了,有些事记不清了,历史自有公论。"他的表情是那样平静坦然,毫无遮掩。

文灿和爱罗

收获爱情

从前,六一织造厂开设在热闹的中山中路643号,主要有胡海秋、杨雨田、秦炳珠等一共六位老板合伙办厂,故取名"六一厂"。厂里下设"摇纱"、"织造"、"裁剪"、"缝纫"、"整理"、"拉毛"、"漂染"等七个车间,还有供销科、财务科和经理办公室,有职工六百余人,男女比例约为1:10,以女职工为主,其中又以小姑娘为多,故小伙子找对象不成问题。

我原是绍兴仓桥头人,城市贫民,因家庭弟妹多,经济困难,小学毕业后托姑父介绍1948年8月1日进了"六一厂"当学徒,厂里包吃包住,第一年每月补贴四元五角,第二年九元,第三年十二元,每到逢年过节我将节约下来的钱全部寄给母亲,尽一点儿子的孝心。

钱爱罗,老家诸暨江藻新宅村,1949年上半年托六一厂供销科王科长介绍进摇纱车间当工人,计件工资,多劳多得。厂里男女同工不同酬,男职工包吃包住,女职工只免费提供集体宿舍,饭菜票要自理。

我当时在织造车间做台车工,专织卫生衫绒布和汗衫布,原料从6支纱到60支纱都有,用的是薄薄的纱管。当爱罗在摇纱时,空纱管供应不上,就跑到台车间来拿几个急用,上班时间也能碰碰面。下班后的业余时间,我们同时参加歌咏队,一起打腰鼓,后来还同演过"牛郎织女",两人经常在一起,相互之间既认识也了解。当时一般都喜欢在自己的厂里找对象,相互之间情况熟悉,还可以相互照顾,只要双方有感觉,就会自然产生感情。

1951年冬,爱罗到青岛参加纺织工人健康疗养一个月,把零存整取的储蓄单全都交给我办理。1952年春节过后的一个星期天,爱罗、荷芬和我一起去西湖边玩,在三公园我用一个圈套中了一个女生看书的彩色石膏像,爱罗说喜欢,我就送给了她,她一直留在身边作纪念。

1954年于青岛

1954年于青岛

那时谈恋爱既简单又节约,星期天一块出去,玩玩公园,看看风景,聊聊家庭情况,谈谈相互看法,边走边聊,不知不觉就回来晚了,也不上大的饭馆,到小吃店要点炒面、炒年糕之类,填饱肚子算数。

我离开工厂去机关前夕,我俩抽空还专门谈了一次。她说:"工人找工人,靠工资度日,也算门当户对。你为人老实诚恳,有上进心,对我也好,就定了吧!"我说:"你群众关系好,为职工服务出色,男女老少都合得来;又入党早,还是厂里的工会主席,我佩服你的进步快、觉悟高、有能力,我要向你学习。"就这样两人定下了关系,收获了爱情。

参加革命工作

钱爱罗1950年12月入党,是六一厂第一批党员。解放初入党就是参加革命工作,爱罗是生产第一线的党员,有群众基础,熟悉生产情况,了解职工要求,以身作则,学习带头,生产带头,工作带头,能上情下达,为群众说话,能解决实际问题,深得群众和领导肯定。她1952年8月脱产当厂工会主席,1954年任厂党支部副书记,后来党员增多,成立厂总支,被上级任命为杭州针织厂党总支副书记。后来被上级调到闲林埠铁矿、杭州无线电厂和杭州市运输公司当过干部,1985年8月在杭州第一汽车运输公司组织科退休,参加革命工作33年。

爱罗写的文章

六一织造厂缝纫工场的女工

编辑同志:我们六一织造厂缝纫工场的女工们,现在都埋头工作。她们说:"纪念斯大林同志最好的办法,就是把力量用到工作上去,手快点做。"因此,最近几天来,生产量已有显著提高。全车间的生产成绩平均已超过了生产计划的百分之二十左右。

她们平车的生产量,本来最高时能做二十七、八打,再低只有十八打。后来订出了生产计划,争取达到每天做三十打。正在这个时候,全世界劳动人民的领袖斯大林同志逝世的不幸消息传来了,工人们在悲痛之余,都表示要更起劲地搞好工作。她们说:"只要一想起斯大林和他所指出的光辉的共产主义社会美丽前景,就感到有一种力量在鼓舞着我们,我们做起工来就特别起劲。"现在全车间的产量普遍提高了,一般的都已达到了生产计划的指标,最低的也有二十打以上,最高的已经超过生产计划了。如平车女工魏金兰,她以前每天踏汗背心二十八打,现在已能做三十六打了;女工金爱宝每天产量也达到了三十四打左右。现在,全车间的女工们正以无比的信心来加紧工作,她们都表示要更加努力生产,加紧学习苏联先进经验,把我们的祖国建设得更加美好!

六一织造厂工会主席钱爱罗

(原载杭州《当代日报》1953年3月)

小阁楼结的婚

我和爱罗经过四年多的恋爱,1956年秋经市委工业部批准后去办了结婚登记。当时我在速成中学读书,每月拿的是30元的助学金,一时又找不到便宜的婚房,全靠岳母找的小阁楼过渡,我从心底里感谢岳母和文庚娘。

说到结婚,想起两点,一是形式最简单最节俭,不收礼、不请酒,分送喜糖而已,更没有婚假,没有旅游,照常工作。当年虽普遍如此,但现在想想,我这辈子还是对不起爱罗的,故结婚三十周年时特地为爱罗送上了一只钻石戒指。二是我俩终生难忘一个普普通通的大好人,那就是"文庚娘"。她姓吴,老杭州,她妈在官巷口开小店专卖生面,自己离异后有两个女儿,一个八岁,一个十岁,全靠她一人在六一厂做工养家,租住在中山中路百福弄三号楼上一间廿平方的房间。当时我岳母租住在她隔壁,仅八个平方。文庚娘听说我和爱罗要结婚,一时找不到婚房,就主动提出:"我们既是邻居,又是一个厂的同事,大家克服一下困难,让爱罗妈暂搬到我这里住,小房子你们结婚用吧。"这天文庚娘还帮助岳母烧了一大桌菜,两家人一起吃饭,算是喜酒,还送了我们一面"结婚致囍"的锦旗,她一帮就是半年多,直到同事高家梁搬走,我们才换到楼下廿平方的房子。回想起来,当时我们结婚,文庚娘真是帮了个大忙,她胜似亲人,这恩情一辈子忘不了。

孩子健康最最重要

婚后第二年,1957年6月9日(农历五月十二)男孩钱洪出生,爱罗自己喂奶,产假56天满后上班,由岳母带孩。1960年1月29日(农历元月二日)女孩黄春春出生,爱罗也自己喂奶,产假满后上班,岳母的任务更重了。1962年4月19日(农历三月十五)男孩黄林出生了,产假满后又要去上班,这时岳母确实管不过来了,只好请了一个十六岁的小姑娘来帮忙,包吃包住给工资。

当时全家在精力上和经济上确实是个困难时期。三个孩子来到世上,父母有责任养育好,确保他们健康成长,所以只有想方设法,咬紧牙关,渡过难关,完成使命。

孩子年幼,抵抗力弱。伤风、咳嗽、发热是常有的事,看看医生吃点药也就好了。父母希望他们不要生大病,能健康成长,全家就幸福了。

钱洪从出生到四岁,记得身体情况还可以,第一年岳母还带他去诸暨乡下住了半年多,到一周岁回杭。那天爱罗下班回来,孩子正站在床上,就叫他叫妈妈,他脸上带着羞涩的样子看着妈妈,就是不开口。爱罗说:"宝宝是不是生疏了?忘记了?"过了好长时间,孩子才扑过来叫"妈妈",叫得妈妈心里有说不出的高兴。

1960年5月的一天,钱洪身上手上突然出了不少红点子,我和爱罗急忙把他抱到"市一医院"求诊,医生确诊为"猩红热",是传染病,一定要我们急送传染病医院住院,还要派人到我家消毒。我们怕传染到刚出生不久的春春,当天晚饭后就叫了一辆三轮车直奔艮山门外的市传染病医院住院,慌乱中还丢了一顶钱洪的帽子。医生说:"小孩由医院全程负责,家属不能陪送,要医二十天左右,出院我们会电话通知的。"

廿天过去了,病是好了,爱罗接通知后急忙到医院病房接孩子,看到床上脏脏的,大小便也有。住院前,钱洪大小便都会叫人的,肯定是护理不周造成的,只好回家重新教他改正。

1961年7月,黄春春突然数天低烧不退,脸色发白,不想吃东西,力气也没有,奶奶(实际上是外婆)和爱罗抱到省中医院,排队等了两个多小时才看到了名中医宣子泉。医生看舌苔看脸色,仔细把脉后,开玩笑说:"你介小个小囡,生的是伤寒,太危险了,你运气好碰到我,有希望治好,我给你对症下药,一个星期要来复诊。"当时春春一岁多一点,小小年纪灌中药多难呀!

一星期到了,要去排队挂号,宣医生是全省看伤寒的中医专家,一天只挂30个号子,迟了就挂不上号,当时还好,没有挂号贩子,只要提早挂号还是有希望的。为了女儿,我自告奋勇,前一天晚上九点带上席子枕头去排队,到次日早晨七点多挂好号回来,奶奶和爱罗再按预约号抱着春春去复诊配药。这样的日子大约过了一个多月,宣医生用高超的技术治病救人,对症下药,春春的病情日渐好转,身体也逐渐恢复。奶奶说:"宣医生真是神医!"

1963年黄林过完周岁后,5月的一天,由在家帮忙的小姑娘抱着,突然发生惊厥,手脚抽筋。奶奶和爱罗急忙抱到省中医院就诊,奇怪得很,过一会儿自己好了,医生也说不出所以然,过一段时间要发一次,先后看了好几次医生,最后分析病症是:母亲怀胎时肚中有气块,压迫了头部某区域的神经发育。处理意见是:一是长期中药调理,促使其神经发育;二是随着身体发育,自身免疫力的提高,也可能自我修复(老百姓叫毛病身体发育中带出);三是暂时没有特效药。

间隔时间有长有短,也不知何时发病,过一会儿又好了,发作时也很难看到。有一次同事翁仲杰来家,刚发起来,大家急忙抱到医院,医生总算看到一次。总之全家人忧心忡忡,焦急得很,后来还是奶奶出了个主意,一是带到乡下诸暨新宅中医调理;二是听说那里来了一位八十多岁嘉兴老中医,专治疑难杂症,可能有希望。

岳母在乡下住了半年多,请嘉兴老中医看了十余次。老中医的经验是以毒攻毒,草药中有全蝎、蜈蚣、明天麻之类,黄林被连续灌了半年多的中药,再加上奶奶全力照顾和精心调养,终于发生了奇迹,发病次数越来越少,直到逐步痊愈。1964年春节前,奶奶和阿林回到杭州。黄林的病好了,一要感谢嘉兴老中医;二要感谢好奶奶。全家为此高高兴兴过了一个团圆年。

家庭经济月月紧张

自1957年6月9日洪儿出生起,奶奶辞去了临时工在家管孩子,我在速成中学读书拿的是助学金,一家四口全靠爱罗一人工资负担当然不够。虽省吃俭用,但到每月25日左右就用完了,离发工资还有五天,怎么办?用了第一招,当时爱罗就靠工会的职工互助金,借10至20元救急,等工资发了再还,成了互助会的常客。我1958年7月速中毕业,考虑到家庭实际困难,放弃了原来准备去的免考保送大学,早点参加工作就有工资收入了这就是第二招。

后来有了春春和林林,到1962年,全家六口人靠爱罗71元工资和我57元工资生活。因上班路远,我住在杭钢集体宿舍,伙食费要17元,一周回家一次。爱罗实际可支出的全家收入仅111元,减去房租9元,剩102元,平均每人月消费仅17元。三个小孩上幼儿园、小学、中学的费用,加上林林上大学四年的学费和伙食费,每月入不敷出。

1975年诸暨叔叔家要造房子了,来信问我们老家长期不住的老房子卖不卖,爱罗与母亲商量后用出了第三招。因经济确实周转不过来,决定卖老家的老房子,爱罗回老家办手续,按每平方20元,60平方公共得1200元。中间又出来一个堂弟(父亲在嘉善没有生育,领了自己弟弟的一个男孩当儿子),一定要分一半,只剩600元,爱罗也向堂弟讨还了他建房借用的200元,带回杭州的卖房款仅800元,但这在当时也算大钱了,可以陆续补贴家用。

借调安吉经济好转

1957年6月至1987年3月,家庭人口从3人到了6人,工资收入少,前吃后空,勒紧裤带三十年,大件买不起,贵的不敢吃,这个苦只有当事人知道。这当然不能算最穷,和我家相近的比比皆是。

1987年3月因革命老区安吉县办厂急需,杭钢厂组织部将我借聘至安吉县钢管厂任经营厂长负责供销业务。由于工作出色,不到一年,企业扭亏转盈,次年荣获县先进工作者称号,得到企业重奖。个人收入成倍增长,家庭经济自然好转。1986年初又分到了拆迁的新房,女婿杨平最卖力,自告奋勇包装修,大雪天开工,亲自干苦力,真是一头老黄牛,我、爱罗和奶奶都十分心疼,叫他慢慢来,不要太吃力,在他的带头和管理下,装修了几个月,通风了几个月,1986年底搬进了新房。新房有55平方,二室一厅加阳台、厨房和卫生间,这是我家一辈子第一次住新房,全家人的内心真是说不出的高兴。1995年12月在国家房改政策下,我和爱罗用四十二年加三十三年的工龄,享受优惠价,用一万二千六百三十元二角的成交价(免税),向国家买下了首套住房,这也是我家一辈子第一次有了自己的房子。我和爱罗说:"家里你贡献最大,钱由我付,房产证名字写你的。"她十分高兴,微笑点头。

两次给子女分钱

家庭经济逐年好转,到1991年也有了一些积蓄,做父母的首先想到,子女自立门户,是否先分一部分给他们。这建议首先由爱罗提出和我商量,我想想觉得有道理,就按照她的意思办。

爱罗1985年8月退休,月退休工资107.60元,我1989年底退休,月退休工资165.70元。可当时有几个怪现象,1990年至1991年银行挂牌年利率高达 13.5% 至 30%（包括原来存单到期，给双倍利率）。第一次是 1991 年，爱罗说给钱洪和春春各一万元，叫他们存银行，每人每月利息有 100 多元，相当于一个月的工资，买菜足够了。第二次是 1996 年，爱罗说给钱洪、春春、黄林每人十万元，表示父母的一点心意。

1991 年

1992 年

1993 年

1993 年于深圳留影

1993 年

1998年

两次出国旅游

爱罗在杭州第一汽车运输公司组织科工作,满55周岁,按规定干部退休,革命工作33年后回家照顾年迈的母亲。爱罗一生努力工作,辛苦照料三个子女长大成人,家里功劳最大。现在经济好转,退休后又有时间,国内外旅游也热了起来,我建议和她去出国旅游。爱罗同意后,决定先去"新、马、泰、香港、澳门"。我到杭州海外旅行社报了名,两人交了一万四千元,又去办了出国护照,于1998年1月17日从杭州笕桥机场出发,先后到新、马、泰、港、澳转了一圈,再回香港休息一天,次日坐船到澳门参观,30日上午经珠海进关,乘大巴去孙中山故乡参观后返回广州,坐下午三点飞机回杭州家里吃夜饭。前后14天。紧凑的14天游程,去了三个国家二个地区,见了世面,开阔了眼界,开了洋荤,尝了味道,还拍了一百多张照片留念,最难忘的是香港"海洋公园"、马来西亚"云顶赌城"、和泰国的"芭提雅之夜"。

1998年1月于香港

1998年1月于澳门

1998 年 1 月于沙美岛

1998 年 1 月于沙美岛

1998年1月于珊瑚岛

1998年1月于珊瑚岛

1998年1月于鳄鱼潭

  第二次我俩出国是 2000 年 7 月 12 日,和妹妹水根和妹夫宝昌结伴同行。参加"欧洲 11 国 14 天游",原单价每人两万元,因妹夫宝昌是老客户,优惠价每人 18500 元。

  7 月 12 日早晨从杭州坐大巴,十点到达上海浦东机场,十二点半乘 270 人的大飞机,直飞奥地利首都维也纳。空中飞了 24 小时,先后多次用餐,但睡也睡不好,脚也动不了,脚和腿都肿了,后来什么都不想吃了,人也晕机了,难过得想吐,心中不断告诫自己要坚持,最后总算坚持到了下飞机,只有宝昌实在熬不住,跑进机场卫生间全吐了。后来乘大巴车到了维也纳宾馆用餐住宿,我感觉还是头昏,晚餐也吃不下,休息了一晚上,14日早晨醒来才有所恢复。

上午去维也纳市参观了"美泉宫"、"东宫"、"英雄广场"、"市政厅"、"施特劳斯公园"、"奥地利博物馆"、"国家歌剧院"、"群众音乐厅"、"联合国教科文组织"、"东正教堂"等景点。傍晚乘飞机飞戴高乐机场,再上大巴进巴黎,途经香榭丽舍大街、凯旋门等地,街道两旁挂灯结彩,凯旋门上国旗飘飘,彩旗招展,十分漂亮。原来当天是法国国庆,法国大喜的日子,喜事被我们碰上了。

15日上午在巴黎参观了标志性建筑,高高的"埃菲尔铁塔"、"拿破仑军事学院"、"巴黎圣母院"、"凡尔赛宫"等,还坐游艇游了塞纳河。

16日在巴黎宾馆早餐后,乘大巴离开法国去卢森堡。参观了"大公馆",看了卫兵交接班仪式和市政厅、街景、公园、广场、大峡谷等景点,中午在北京酒家用中餐。

下午乘车到比利时首都布鲁塞尔,参观了"皇宫"、"市立公园"、万国博览会的"铁原子模型"、"日本屋"、"中国屋"、"中国亭"等,在街头看到了"撒尿小童像",去了"黄金广场"、"五十年革命广场"、"英雄纪念碑"、"欧共体办公楼"。

17日上午离开比利时,乘车到了荷兰首都阿姆斯特丹,这里真是一派田园风光。广阔的田野,成排的风车,吃草的奶牛,我们还参观了"风车村"、"奶酪加工厂"、"木鞋场"、"造船码头",免费乘玻璃钢游艇游览了阿姆斯特丹运河。

18日上午离开荷兰赴德国,中午到达科隆市,参观"科隆大教堂"、"大教堂广场"、和"科隆步行街"。傍晚到法兰克福市,参观"保尔教堂"、"罗马广场"。

19日上午乘大巴,中午到达德国最美丽的小镇费莱堡用中餐,饭后参观"果果钟表店",德国山上之湖——"地地湖"、"游艇码头"、"黑森林"、"小镇公园"、"小镇街景"、"莱茵河港湾"和"莱茵河上望夫崖"。

下午离德赴瑞士,进入苏黎世,看到了欧洲第一的"莱茵瀑布",在远处听漂亮的水声,到近处似万马奔腾。市内有一条漂亮的里马河,这边是成群的小孩扶着栏杆看天鹅寻食,那边是结队的大人们专心钓鱼。街上有"劳力士"名牌钟表店,世界盛名,生意兴隆,是有钱人必到之处。

　　20日上午乘车到瑞士"铁力士雪山"脚下,喜爱滑雪者,租棉衣通过索道上山,年老体弱者,在山下的小镇自由活动。瑞士是最美的国家,也是最富的国家,景点多,古迹多,游客多,我们参观了"石像受伤的狮子"、"流森湖"、和"教堂木桥",晚上住日内瓦宾馆。

　　21日在日内瓦参观了"英国花园"、"英雄铜像"、"世界第一花钟"、"喷泉池"、"日内瓦湖畔"、"日内瓦邮轮"和日内瓦湖上高达百余米的"人造喷泉"。还去了联合国大厦和瑞士红十字会总部门前留影。中午在建于1734年,由北京人开的"中国太白酒家"用中餐。饭后休息酒店对面正坐着三个瑞士小姑娘在织毛衣,征得同意后,我和她们合拍了一张人人笑眯眯的照片。

　　下午离瑞士赴意大利,天气晴朗,蓝天白云,凉风习习,经过日内瓦郊外,两边有山有湖,还有大块农田和零星村落,中途休息还有不少拍照的景点。傍晚车到米兰,参观了世界第一的"米兰大教堂"。

　　7月22日上午八点从米兰乘车,经四个小时才到达威尼斯对岸。用餐后,排队乘游艇到达威尼斯码头。它是一座水城,四周全是海水,城内小河密布,小船满载游客来回穿梭不息。

　　上岸首先走过"叹息桥"。它左边是法院,右边是监狱,判决后过桥入狱,故名"叹息桥"。

　　过桥不远便进入"威尼斯水乡",,它处于亚得里亚海边,是一个风平浪静之处,由118个小岛所组成,桥多、船多、水多,现为意大利最美旅游城市。我们参观了"水晶工艺制品厂"、"圣马可广场"、"钟楼"、"圣马可教堂",教堂内全是彩色马赛克拼成的教堂画归结为"马赛文化"。

　　结束参观后,乘游艇离开威尼斯水城,转乘大巴向"圣马力诺"进发。这是一个意大利著名风景点,被称为"古老的圣马力诺小国"。它原是一个独立小国,首都建在山上,有数百年历史的邮局还在运营着,山下有"亚得里亚海边码头"、"诺米妮海沙滩公园",当晚我们住在山上的宾馆里。

7月23日离开圣马力诺,中午到达佛罗伦萨。参观"大卫广场"、最古老最吸引人的"旧桥"、"佛罗伦萨博物馆"和米开朗琪罗广场,广场上有奇石、钟楼、大卫像、古英雄,还有"圣马之花大教堂","市政厅(市长办公室)"和"护城河"。晚上住佛罗伦萨宾馆。

7月24日在宾馆二楼参加了"花园早餐",四周鲜花盛开,有多种饮料、水果和糕点,丰富之最。上午离佛罗伦萨赴罗马,下午先到古罗马角斗场,参观古罗马遗址:有市场、神庙、图拉真石柱、殿堂、博物馆。傍晚到达意大利首都罗马。"梵蒂冈"就在"罗马广场",右边,是一座"圣彼得教堂",出入口由雇佣的瑞士士兵站岗,外面还有"圣彼得广场"。

罗马街上,古迹众多,有"艾玛努埃雷二世纪念碑"、"特莱维喷泉"、"西班牙广场"、"西班牙台阶(供模特表演之用)"。

游览结束,我们挥手告别大巴司机,他完成任务返家休息。我们在途中巧遇一辆公交车下班进场,好心的司机问清我们的酒店后,请我们免费上车,顺路送回罗马国际酒店。

7月25日清晨五点起床,每人发了一代干粮和牛奶,乘大巴到罗马机场,八点离开罗马,十点达到维也纳,导游已准备好回国机票,于下午两点乘机回上海浦东机场,再乘大巴回杭,26日八点平安到家,终于完成了十四天的欧洲之旅,先后拍了二百多张照片,作永久留念。

2000年7月于瑞士

2000 年 7 月于维也纳

2000 年 7 月于美泉宫

2000 年 7 月于凯旋门前

2000 年 7 月于卢森堡

2000年7月于科龙大教堂

2000年7月于荷兰

2000 年 7 月于瑞士

2000 年 7 月于德国

2000 年 7 月于日内瓦

2000 年 7 月于威尼斯

2000 年 7 月于威尼斯

2000 年 7 月于威尼斯

2000 年 7 月于佛罗伦萨

2000年7月于罗马角斗场

2000年7月于梵蒂冈

深圳过年

2000年7月从欧洲回来,二人在家,匆匆过了半年,心中记挂阿林,他远在外地,没能一起过年。我和爱罗打算2001年1月去深圳,准备了一些年糕粽子,采购了一些土特产,提前买了二张火车硬卧,1月底到了深圳黄林家,和阿林、珊珊、樱子一起吃年夜饭,发红包、看烟花,高高兴兴过了个五口之家的团圆年。

节日期间,阿林、珊珊和樱子先陪我们游览了深圳市内的公园和景点,再去了珠海、沙头角、中英街,采购了日用品,吃了不少特色的菜肴,还拍了很多照片。

由于我的不慎,一天早晨在公园晨练时跌了一跤,关节疼痛不能行走。

爱罗通知黄林后，用车送我至附近的市红十字会医院急诊，拍片后诊断为股骨胫骨折，住院治疗。爱罗每天都来看我，有时还送来可口的饭菜，凑巧这时我弟任远也在广州探亲，特地来医院探视，我十分感动。二十多天后出院，回黄林家修养了一月有余。爱罗由于过度疲劳，人也瘦了，还告诉我大便不好，发黑带血，且已有一段时间了。我听后十分焦急，觉得必须速回杭州求医。在和黄林、姗姗商量后，买了机票于2001年4月上旬回杭，由杨平开车来接。

2000年于深圳

治疗五年

到家后，由于我走路要靠双拐，只能上床休息，爱罗由钱洪和黄春春陪同去"市一"、"浙一"看肛肠科专家，一个星期后，检查结果出来了，是"直肠癌"晚期，要立即住院开刀，全家震惊，十分难过。一方面杨平去托人找专家，爱罗也找好友王江副院长来家商量，如何治疗更佳。大家认为对本人要暂时保密，病情也不敢对她直说，真是为难极了。

住院紧张要排队，四月中旬才住进"浙一"肛肠科。当时医生有二个方案，一是保留肛门，二是不保留肛门，各有优缺点，最后按爱罗本人和多数人的意见按照第一方案开的刀。手术比较顺利，住院二十天后，五月四日出院，回家休养，再进行门诊化疗，春春还请了保姆照顾我俩。到七月份，我左脚基本恢复，丢掉了拐杖，可自行

2001年于深圳

走路了,爱罗也有所恢复,保姆也有事回去了,家中我俩相互照顾。

半年后,爱罗发现开刀处鼓起一个包,经检查确认为开刀内层缝线松散所致,只好请原来的孟医生再开刀缝补。这次改用进口材料,内外两层牢牢缝好,肠子逃不出来了,鼓包也没有了。

2002年1月至2004年1月,爱罗在家休养了两年,这是比较满意的日子。平时看中医吃中药,到公园适当锻炼,活动活动,作为辅助治疗。期间还参加过两次一日游,到春春家住过一段时间,心情愉快,胃口渐开,睡眠不错,自我感觉有所好转。

2004年春节后,发现大便不畅,有发黑现象。去市中医院肛肠科复查,经医生指检发现肛门里面有一硬块,怀疑复发可能,需住院全面检查。全家知道后又紧张起来了,商量是去省肿瘤医院还是去邵逸夫医院,爱罗决定要去邵逸夫医院。次日我陪她去挂号住院,先后做了CT和核磁共振,医生的方案是针对复发的肿块用针剂化疗,同时进行放射治疗。我上午管针剂,下午推车去排队放疗。电告黄林后,他也特地请假来医院看妈妈,还专门到医生办公室向主治医生了解病情,问了存活时间。医生答复:"可能到不了年底。"听了这个答复叫人既心酸有又害怕。

住院治疗一个月左右,医生叫我们出院。回家休养一段时间,又去住院,这样反复数次,达半年之久。

半年后再进行复查发现,经化疗治疗,原病灶虽有缩小,但新病灶又多处出现,肺部出现了许多阴暗小点,肝上也有小肿块。医生会诊后决定采用高压蒸汽杀死肝部小肿块试验,一周一次,做了四次,算一个疗程,事后CT检查效果不佳。

2004年3月到年底在邵逸夫医院肿瘤科住院治疗,住了不到一年,病人吃了不少苦头,医生也出了不少力,钱也用了不算少,最后还是回家休养,有点沮丧。

2005年春节,黄林回家看妈,专门去找了省肿瘤医院的一位女的主任医生,他们是中学同学。她问了病情看了片子后说,如果当时我开刀治疗,可能好一些,现在已经晚了,病情严重,希望不大。后来又找了"浙一"化疗科主任医生,也是同学。,他说你妈大便出血如要到"浙一"住院,请专家会诊等,按名片找我就行。

爱罗家中休养,大便经常带血,我就到"浙一"找阿林的同学帮忙,他十分热情地介绍到内科刘主任那里住院,还请了肛肠科林主任来会诊。

住院后请了陪护人员24小时照顾,我每天早上八点准时到医院,买些早点给爱罗,等待医生查房,做些沟通和服务工作。陪爱罗说说话,打打老K,买些她爱吃的饭菜和水果,空下来时推她去下面散散步,她吃好晚饭后,我再乘车回家休息,这样一直坚持了一年多。

爱罗对自己的病情,由开始的猜疑,到不久的明白,想通以后,主动配合医生治疗。在"浙一"住院期间,病房内现身说法,做同病室病友的思想工作:生了这病,怕也没有用,要正确对待,积极治疗,延长生命。

大便出血,医生开始用止血针常规治疗,时好时坏,长达半年之久。后在住院期间碰到肛肠科王副主任,他分析出血原因是放疗后遗症,按他的经验治疗,先用阿莫尼亚涂在肛门四周,再用高压消毒水清洗。第一次治疗后,出血减少85%以上;第二次治疗后,大便出血百分之百好了。病人和家属都十分高兴,2005年11月底我还特地给"浙一"办公室写了感谢信,感谢王医生。住院期间,只要病情稳定,爱罗还是十分乐观的,子女常来看她,说说话,拉拉家常。"六一厂"老同事顾洪涛、金荷芬来看她,"杭一运"好朋友李爱兵、章晓澄来看她,亲家杨妙荣、陈胜男也来看她。爱罗她人一高兴,精神也足了,告诉他们,是"三好一坏"。一好是三个子女孝顺好;二好是老公天天来医院陪我好;三好是先后出国旅游十四个国家和香港澳门,外面看多了,人生好满足;一坏是生的毛病不好,已快五年了,我还想再活二年看看北京奥运会呢!

2006年春节前夕,黄林、珊珊、樱子特地从深圳飞杭,送鲜花和红包,钱洪和小江,春春和杨平也送来红包,春春还告诉妈:"杨平在小龙驹坞买了墓地,做好了双穴的坟,您放心好了",爱罗微笑着点了头。

以后的一个多月,爱罗打着吊针,在半昏迷中度过。她住院以来从未注射过止痛针,默默承受着巨大的痛苦,在"浙一"内科病房,平平静静地走完了平凡的一生,时针停在2006年3月6日下午七点零八分,我、钱洪和春春都陪她身边,享年77岁。

2004 年

2004 年

2004 年

2004 年

2004 年社区党支部合影

2004 年

2005年

故乡的小河

　　故乡,是婴儿嗷嗷待哺的摇篮,故乡,是游子梦牵魂绕的地方,故乡,是志士搏击蓝天的源泉,故乡,是暮年叶落归根的向往……

　　我的故乡在江南绍兴,留在我童年记忆中最深刻的印象,就是我家屋后那条清亮亮的小河。

　　清晨,小河像一位雾中的仙子,在袅袅炊烟和河面升起的雾气中时隐时现,婀娜多姿。

　　白天,小河像一位忙碌的主妇,里里外外张罗着一家人的开门七件事:米、面、油、盐、酱、醋、柴。

　　夜晚,小河像一位疲惫的母亲,闭着眼睛用手拍打着孩子的屁股,轻轻地唱着催眠曲,让河两岸的儿女进入梦乡。

　　在我的记忆中,河里常有戴毡帽的船工用脚划着乌篷船来来往往,川流不息,就像现在街上飞跑的出租车。河两边的人家,都在河边石阶上淘米、洗菜、洗衣服。那吱嘎吱嘎的划船声,那木棒敲击衣服的啪啪声,那姑娘媳妇叽叽喳喳的欢笑声,那小孩找奶吃的哇哇哭声,那卖年糕的长长吆喝声,组成了绍兴人家的交响乐,十分好听,直到六十年后还在我耳边回响。

　　河里有鱼有虾。我常领着弟弟在河边玩,逢天气闷热的傍晚,鱼虾会成群结队浮上来,我卷起裤腿,站在河边用一个小网兜捞,不大一会儿,就能捞上一大碗的小鱼小虾。到了吃饭的时候,饭桌上多出了一碗红焖鱼虾。母亲也有了笑脸,一家人吃得很开心。

绍兴,是江南名城,过去以绍兴师爷、绍兴东湖、书圣二王、诗人陆游、文豪鲁迅、女侠秋瑾和绍兴黄酒、绍兴霉腐乳、绍兴霉干菜传闻于世,而我最难忘的还是故乡屋后的小河,河里鲜活的鱼虾和外婆在河边给我讲的那些绍兴故事。

学步集

党的政策人人学

十二条 人人学,
工也学来农也学,
学了干劲冲天高,
粮钢生产双飞跃。

干部学了十二条,
工作作风转变了,
深入生产第一线,
坚持四同干得好。

炊事员 学政策,
表演赛 掀高潮,
菜粥馒头白米饭,
现炒小菜滋味好。

钢铁工人学政策,

万颗红心革新闹,
省人增产支农业,
跃进红旗迎风飘。

(半钢通讯 1960 年 12 月 4 日)

喜讯忙坏我炊事员

增产节约闹竞赛,
班班生产创奇迹,
捷报飞进食堂里,
喜讯忙坏我炊事员。

许师傅 做面包,
我急忙下面条,
火速赶做"高产饭",
为钢铁生产立功劳。

老许敲鼓送贺信,
我挑饭菜后面跟,
"高产饭"车间送,
情谊深长心意重。

面包甜 面条鲜,
英雄吃了干劲添,
前后方 一条心,
生产生活向前进。

(半钢通讯 1960 年 12 月 14 日)

革命哪怕担子重

天寒地冻炉火旺，
钢铁工人生产忙，
革命哪怕担子重，
颗颗红心向着党。

炼出钢铁千万吨，
支援农业保国防，
轧出钢材比山高，
狠揍美帝野心狼。

(半钢报 1966 年 2 月 12 日)

手捧红书心向党

主席语录闪金光，
钢铁工人笑颜开，
手捧红书心向党，
革命革到全世界。

语录是宝随身带，
对照自己时时翻，
百炼成钢思想红，
天大困难脚下踩。

(杭州日报 1966 年 4 月 29 日)

雄心比天热　壮志夺高产战高温日记三则

7月6日　天气闷热,猛烈的太阳照得大地发烫,通红的钢龙来回飞舞。

虽然我们大部分是进厂不久的新工人,但高温在我们轧钢工人面前已经成了"手下败将"。去年夏季,我们还不是战胜它夺得了高产吗!今年的条件更有利了,班后的讨论会上,同志们一致表示要"大战高温,誓夺高产"。

7月17日　今天来了车间干部组织的服务队,服务可真殷勤周到!笑嘻嘻地过来,一开口就是"同志们,辛苦啦!"一手送来雪白的毛巾,一手送上一杯甜冰水。我心里真像吃了蜜糖一样甜,不知如何感谢党的关怀才好!天实在热,我连续操作了二个多小时后,头发昏,肚子也隐隐作痛,下车间医疗的小杨叫我下班休息。我想:"干部白天为我们服务,晚上还要开会、学习和处理工作,我这点小痛算得了啥呀!"说也奇怪,想到这里,精神也就来了。

7月19日　今天,我们果真创造了高产新纪录:日产18公斤中轨钢材90.592吨。车间于主任今天亲临前线和我们一起作战。乙班同志把困难留给自己,把方便让给别人,为我们夺高产准备了有利条件,使我们一接班就可以开车生产。这些都大大鼓舞了我们的生产劲头,我们全组同志斗志昂扬,向党保证:一定要创造新纪录!经过一场激战,下班的时候我们的保证实现了,大家高兴得澡也不洗,饭也不吃,争着敲锣打鼓先向党委报喜。真是"决心战高温,干劲出高产!"

（浙江青年报1960年7月27日）

喜读"实习第一天"

第154期"铁流"上的小小说"实习第一天",是通过一个"技校"毕业生下厂的一天见闻,生动地塑造了一位坚持发扬"四同"作风,深入生产第一线,密切联系群众,认真解决关键问题的党委书记。

这篇小说,仅一千字左右,结构紧凑,文字朴素,人物形象比较突出,他对主人翁的刻画,是通过"我"和沈书记三次接触来写的。第一次碰到沈书记是在炉子间,他是个个儿不高显得有些肥胖的中年人,看到"我"粗手笨脚地在划火,他就主动热情地过来招呼,还做这手势教,同时嘴里说:"有人认为划火是件没有技术的工作,把它看得很简单,其实要真正划好火也是很不容易哩。"从他对动作和谈话中,我们就知道他是既熟悉生产操作又善于做思想工作的一位领导干部。第二次碰面仍是炉子间,"我"正干得汗流浃背,那个矮胖的中年人又出现在眼前,他一手提着茶桶,另一只手递来几杯清凉水,对正在操作的工人来说,真是"雪中送炭"。第三次碰面是在当天下午在三号炉的门口,沈书记为了缩短抢修时间,竟冒着高温第一个钻进炉子,在炉内他的身体坚持着难以忍受的闷热,还念念不忘地关心着同志们,他的行动处处表现了关心生产关心人,给读者的教育意义是深刻的。

"实习第一天"以短小的篇幅,写出了党教育干部发扬"四同"作风这样一个大题材。小说的主人翁很叫大家面熟,我读了数遍以后,顿时,在我的脑海里出现了类的情景和相似的人物:我们厂里的杨书记头戴柳条帽,手握钢钎,冒着千度以上高温和工人们并肩出铁……尚书记在和炼钢工人开生产小组会,大伙正热烈地讨论着攻高硫炼好钢的措施……。刘书记在国庆节那天,到乙班参加生产,领导生产。群众干劲十足,班后会上统计员跑来报告说:"今天班产钢材 76.6 吨,百分之百合格品!"群众围着刘书记沸腾起来了……像作品中沈书记这样的好干部,在我们厂到处可以碰到,在社会上那是更多了!在我们国家里,正因为有着这样大批党培养教育出来的优秀领导干部,才能使我们的社会主义建设高速度发展。

在黄氏宗祠

(浙江工人报 1960 年 10 月 23 日第三版、"铁流"156 期)

报道篇

听听工农干部速中学员的声音

在浙江省工农干部速成中学学习的工、农业劳动模范,小学教师等三十四人,在前天下午的座谈会上,严厉驳斥右派分子反党、反社会主义的反动言行。

会上,大家以自己的亲身体会,用各种具体事例,驳斥了右派分子说人民生活没有改善,统购统销搞糟了等荒谬论调。朱礼森说:"葛佩琦讲生活提高时都是过去穿破草鞋,现在坐小卧车、穿呢制服的党员和干部,这是他睁着眼睛说瞎话。"朱礼森以本村人民的生活提高事实反驳了这种抹煞事实的说法,他说:"我家在庆元县解放乡解放村,全村一百二十多户,解放前,除了二十几户地主外,一百多户贫苦农民经常吃野菜,穿破衣,住的是茅屋,有三十多家连一条棉被都没有,全村只有三个地主的子弟上学。现在办起了农业社,连年生产,生活有了很大的改善,新做的棉被就有一百多条,大部分农户有余粮出售,有三十多个小孩上学。去年还建立了一座小型水力发电站,真是"点灯不用油了!"他还说,统购统销后才保证大家有饭吃。1941年我们村里发生了灾荒,粮食操纵在地主,投机奸商手里,全村就有二十条人饿死在路上;1956年发生了旱灾、台风灾,政府调运了大批粮食,保证人人有饭吃。

原宁波人丰织布厂女工张意说,解放前只有十几个工人的人丰织布厂,现在已经变成一千五百多工人的大厂,生产有了很大发展,工资也提高了,还办起了托儿所。我在解放前只读过一年书,现在中学快毕业了。她说,右派分子散布这种谬论,是企图挑拨党与群众的关系。这是他们的妄想!我们坚决听党的话跟着党走。

在会上发言的还有张文阁、华海泉、罗莹、王大公、黄文灿、陈象英、陈光辉、王达三、朱美华等十六人。

(原载浙江日报1957年10月第一版)

土法上马

——第一套轧钢机诞生，向浙江省青年社会主义建设积极分子大会献礼

半山钢铁厂小型轧钢车间的工人，奋战一个半月，制成本省自制的第一套土轧钢机。这套轧钢机已于一九五九年一月十四日下午三点钟就轧出了第一根三十厘米的方钢，工人们敲锣打鼓地向厂党委报喜。建设土轧钢车间的工人，大部分是年轻小伙子，他们在党的领导下，克服了缺少材料、缺少技术人员等困难，白手起家制成了本省第一套土轧钢机。

（原载1959年1月19日浙江青年报第一版，与徐得先合写）

"这样的人真是少见"

徐得先是半山钢铁厂小型轧钢车间的轧钢工人，又是车间工会主席和团支部书记。由于他在平凡的劳动中做出了成绩，连续四次被评为厂的积极分子，杭州市青年社会主义建设积极分子，现在又出席了省青年社会主义建设积极分子大会。

去年10月，修建"青年号"土平炉，在做大夜班的时候没有闹钟，徐得先恐怕大家上工迟到，就借来一只手表，前半夜不睡觉，等到11点钟就叫大家起床，使大家都及时地上班生产。在劳动中，他力气比较小，可是抬石子、挑砖头总不肯落后，因此大家的干劲都很足，有的泥工曾经这样问道："你们是不是搬运工人，怎么都能抬200多斤？"在修建"青年号"土平炉中，小型轧钢车间团支部由于工作出色，得到"建炉先锋"的锦旗一面。有一天清晨7点

钟,徐得先刚做完大夜班下来,听到劳动保护用品不够的消息。他想:"按照制度规定,没有劳动保护用品就不能上班,这不是要影响生产吗!"就忘记了疲劳,毫不犹豫地上街去购买劳动保护用品。有人称赞他说:"像你这样的人真是少见!"

(原载浙江青年报 1959 年 1 月 23 日第一版)

杭市青工节日战斗在车间里

《本报讯》当人们欢度春节的时候,杭州市部分共青团员和青年,为了争取今年更大更好更全面的跃进,和部分节日坚持生产的职工一起,比平时更加干劲百倍,英勇地战斗车间里。

大年夜,按照传统的习惯欢乐的春节已经开始了。可是半山钢铁厂土轧钢车间却比平时还要紧张、热闹。修炉的刷刷声,钳工的叮当声和风割的呼呼声……交织成一片迎接生产高潮的乐曲。忘我劳动的人们不但亲身参加了演奏,同时也享受着这种幸福的滋味。青年钳工吴聿清说:"完成抢修任务,春节后轧钢机能够吐出合格的钢材来,这就是我们最大的幸福。"经过 6 位老师傅和 6 位青工一整夜的苦干巧干,大年初一晚上,烘钢炉和轧钢机就抢修完毕了。

在杭州机床厂,再次被评上省先进小组的电工小组全体工人,春节期间全部投入抢修。这个小组共 53 人,近 50 人是共青团员和青年,当他们知道今年的生产任务比去年更加艰巨时,都主动地退掉了回家的车票,参加春节抢修。在安装 C622 车间时,需要 20 台动力开关台,他们就日夜突击,自己来制造。胶木板没有,就用木板来代替,缺少做铜闸的铜,就到废料堆中找到一扇铁门,用铁门上的扁铁来代替。就这样,20 台动力开关在他们手里造出来了,及时供应了安装时需要。

(原载浙江青年报 1959 年 2 月 11 日第一版,与宁静合写)

金文照 8 个月节约手套 16 双

每月的月初,组长领来一捆捆雪白崭新的工作手套,分发给每个工人,这时组员们总是热热闹闹一阵高兴。可是,又是那个金文照对小组长说:"上月领的还没有用完呢,还你两对吧。"金文照一次次把手套还给组长,引起了大家的注意。小组长查查记录,从他来到半钢小型轧钢车间的 8 个月中,已上交了 16 副手套,合价值 14 元钱哩!

金文照第一次领到手套时,心中很不平静。他想:国家多关心工人健康,全厂这么多工人用手套,每个月手套费用算起来也要几万元呢。想到这些,他干劲大起来了,同时,又决心要想一切办法节约手套。在轧钢机上操作,工具热得烫手,他把旧手套套在新手套外面,用双层手套工作,既不烫手,又省手套,休息天,他把旧手套洗干净,把破洞补好。同样一双手套,在金文照手里,补了用,用了又补,寿命就比别人延长一半还多,不是高温的生活,金文照就不用手套操作。由于这样操心,多方面想办法,他才省下了 16 双手套。

一个人省 16 双手套,数目不大。如果全厂用手套的工人,都像金文照这样节约手套,一年就能节约 21 万元开支。因此车间团支部表扬了金文照,号召青年学习他爱护国家资产的精神。

(原载浙江青年报 1959 年 7 月 1 日第二版)

众人支持　制造机器

冯锦甫是半钢小型轧钢车间机修工段学徒,进厂只有一年,雄心却不小。车间里缺少攒床,他说:"我们自己造。"有人说:"学徒造机器,可要慎重考虑考虑呀!"冯锦甫不听泄气话,画了一张"设计图",请党支部审查。党支部研究后说:"同意试制"。小冯高兴得周身的血都沸腾起来了。

党支部茹书记对小冯说:"材料没有,要你自己去找。"小冯东攒西寻,找来了别人用剩的圆钢、角钢和无缝钢管等;机修车间没有加工条形牙齿折机床,周师傅和团员王南朋等自动来帮他用锉刀锉条形牙齿。最后还缺一个铜轴承。铸工师傅又教小冯学翻砂,自己浇铸了一个铜轴承。在许多人帮助下,冯锦甫苦战一月,终手造成了中型攒床,车间仓库给攒床配上电动机,开关、轧头以后,攒床使用起来十分灵光。这种攒床买一台新的要4000多元,现在冯锦甫不花国家多少钱,就解决了车间里一项设备的困难。

(原载浙江青年报1959年7月11日第二版)

是谁引来了水?

近一个月没来下雨了。我们半山钢铁厂轧钢区还没有装上自来水,平时吃的主要依靠井水,这次长久不下雨,井水也干了,吃水成了大问题,炊事员同志们急得团团转。

面对这吃水的紧张情况,车间党委赵书记亲自到附近山脚边去寻找水源。经过他细心的寻找,终于发现了几个水眼,"这水,看上去清,碰上去凉,多好呀!"他回来就把这个新的发现告诉了办公室的全体共青团员,共青团员们听到这个好消息,高兴得跳了起来,不上几分钟,就背着锄头,挑着土箕行动起来了。在赵书记的带领下,十多个小伙子,还有三个姑娘,都像小老虎一样有劲,在烈日下没有一个怕热,也没有一个叫累。经过半天多的战斗,大家虽然出了一身大汗,但水终于屈服了,它随从人的意志被引到食堂附近刚挖好的水潭中。

第二天清晨。工人们来上班的时候,看到新开的水潭里流满了水,禁不住纷纷议论起来。"你看,多好的水!""是谁给我们引来的呀?"过来挑水的炊事员老葛,看到工人们三三两两地争论不休,心里早就料到七八分,他轻轻地放下水桶,微笑着摇摇头说:"你们都猜错了,这个宝贝水呀,是昨天我们党委赵书记带领办公室那伙小青年们取来的!"

(原载浙江青年报 1959 年 8 月 3 日第二版)

手工劳动机械化　提高工效八倍

半山钢铁厂小型轧钢车间锻工组工人,为了实现1960年的持续跃进,发挥集体智慧,在1月3日改进电动夹板榔头成功,改变了手工锻铁的落后面貌,生产效率提高八倍,劳动力节约一半,还大大减轻了劳动强度,打开了今年持续跃进的新局面。

(原载浙江工人报 1960 年 1 月 7 日第一版)

钳工周兴荣制成自动摇头台　提高工作效率十倍

小型轧钢车间机修工段样板组组长周兴荣,自己设计,利用废旧材料,制成了自动摇头台获得成功,比原来手电钻提高工效十倍。

(原载半钢通讯报 1960 年 1 月 13 日与高剑秋合写)

苦战二夜 安装"及时雨"

小型轧钢车间最近增添了一台10立方米空压机,对当前生产和降温真像"及时雨"一样,大家迫不及待地要把它安装起来。要安装先得浇混凝土基础,可是现在车间生产很紧,不可能从工段抽人,这时领导向车间干部提出:"为了夺铁保钢,我们自己不能干吗?"这一号召得到全体车间干部和服务人员的热烈响应,大家说干就干,分头准备材料。

当天晚上,车间书记、主任带头,亲自指挥,大家忙着搞水泥壳子、运水泥、石子、黄沙、拌混凝土、浇捣……热热闹闹地干开了,刘书记、于主任赤着膊,握着铁杆,使劲地一上一下捣固。为了迅速浇好混凝土基础,谁也顾不得满头大汗,也不肯休息一下,很多同志只打了一个瞌睡,白天又照常工作。到了晚上,又苦干了三小时,才把3.5立方米混凝土全部浇捣完毕,胜利地完成了任务。

(原载半钢通讯报1960年7月19日)

节约粮食为光荣 浪费粮食为可耻

——小轧精正丙班节约粮食成风

(本报讯)小型轧钢车间精正工段丙班全体工人,通过三反整风运动,树立了"节约粮食为光荣,浪费粮食为可耻"的思想,千方百计节约用粮,全班由过去经常缺粮转变为有余粮的班。六月份平均每人节约粮食一斤上交给食堂,是轧钢车间节约粮食的一面红旗。

轧钢车间精正工在轧钢系统粮食定量是比较低的一个工种,工人体力强度高，以往每到月底，经常发生定量不够吃的现象，车间领导和食堂都为这事伤透脑筋。三反运动以后，工人对食堂管理提出了很多意见，车间领导倾听群众意见，根据边整边改指示，狠抓食堂管理，成立了由工人参加的食堂管理委员会，经常督促检查食堂工作，扭转了饭贵、菜贵的现象，在做好食堂管理的同时，结合反浪费运动，针对粮食浪费现象，发动群众讨论。精整工段丙班工人通过三反学习，认识到浪费粮食是可耻的行为，一致说："在生产中要反对浪费，生活中也同要反掉。"工长徐才生说："党无微不至地产心群众生活，我们不但要多轧钢材，还要把食堂办好。"工人们联系实际，主动设法节约粮食，帮助食堂解决困难。他们说："粮食是宝中之宝，一粒米也是来之不易。"工人们还算了粮食从选种、下田到收割，要50几道手续，都是农民兄弟血汗换来的，不节约粮食是对不起党，对不起农民兄弟。在提高思想认识以后，他们采取精打细算，计划用粮，内部调剂，节约上交的办法，节约用粮。

（原载半纲通讯报1960年7月23日，与仁德合写）

小轧青年突击队大炼废料

（本报讯）小型轧钢车间青年突击队，针对机修和革新缺乏材料的困难，在车间党委的支持下，发动全体队员在废料堆中寻好料，解决材料不足困难。八月五日，20多个队员放弃了午睡时间，在车间内外收拾废料，他们拣到了可用的大小圆钢、角钢、钢管、钢板和螺丝等钢材2000余公斤，还有其他材料，价值一千多元以上。在活动中，青年们个个干劲十足，团员章文甫一个人就拣了三把钳子，团员张敏华虽然力气比较小，但也不怕热，不怕累，在泥底下挖出了十多根元钢，队员们反映说："这次活动即解决了缺材料的困难，又节约了国家资金，顺便还清理了场地，真是一举三得。"

（原载半钢通讯报1960年8月24日）

小轧车间试验田种得好

（本报讯）小型轧钢车间党委坚持发扬"四同"作风，深入生产第一线，大种"试验田"，解决生产中一个个具体问题，促进了生产大幅度增长，八月上旬比七月同期翻了三番，合格率高达95%以上，中旬又比上旬增长产量17.66%，合格率提高4.33%，取得了今年以来最好成绩，为超额和提前完成全年钢材生产任务打下了有利基础。

这个车间的党委在八月初研究分析了七月份生产情况，找出了炉温不高、生产事故多，和部分干部存在畏难情绪，是影响生产任务完不成的主要原因。车间党委根据上级党委关于发扬领导干部"四同"作风的指示，决定车间主要领导干部分头深入三个生产班，到炉前、轧机前扎营下脚，特别挑选了最落后的丙班，大种"试验田"，做出样子，领导干部深入到班、组以后，通过摸情况，解决工人，小组干部思想情况，运用大字报、座谈会、个别访问等形式，进行深入细致思想教育，以提高工人、干部思想认识，特别是宣传以钢为纲全面跃进思想，大讲夺铁保钢超材的重大意义，大大激发了工人群众劳动积极性。共产党员童水根说："八月份党中央号召全民大办钢铁，我们就是第一线，任务更为艰巨光荣，多产一吨钢材，就是为农业、矿山、运输多出一分力量，只要党交给任务，坚决保证完成。"工人们在劳动中干劲越来越足，处处抢活干、一条心、一股劲、一切为了夺取高产。工人钟祖兴过去作风不好，经教育批评后，解决了思想问题，心情舒畅，积极劳动。在工人、干部思想发动充分的基础上，车间领导一面通过劳动，了解生产中具体问题，一面把生产中存在的问题和工人同商量。向群众交任务、交困难、交措施的底，把群众充分发动起来。在发动群众的基础上，组织开展优质高产低成本为中心的劳动竞赛和技术表演赛。并使之经常化、形象化、图表化。在操作上和工人一起总结了"六快"（上料加煤提高炉温快、出钢、喂钢快、拉钩快、冲孔较直快、运输校修快）"五好"、（备件搞好、开车前检查好、质量好、联系协作好、操作精力集中好）"三不喂"（低温钢、开花头、裂缝黑头钢不喂）以及"勤加煤、少加煤、交叉出渣"等一系列技术操作经验，这些经验，运动技术表演赛方法进行全面推广。丙班通过技术表演赛，仅六天时间，丙班产量迅速上升，赶上了甲班，超过了乙班，并首创八月班产 18kg608 根新纪录。丙班优质高产的事迹轰动了全车间。那些原来认为"煤差、钢锭差、不可能优质高产"的说法，在事实面前哑口无言了。车间领导立即以丙班为标兵，组织三班之间劳动竞赛。工人们干劲很大，纷纷争夺优质高产，形成了三班之间你追我赶的热烈竞赛局面。七月中下旬生产比上旬分别增长 233.78 和 312.87%，八月上旬又比七月同期增长 213.3%，中旬又比上旬提高 17.66%。

领导干部大种"试验田"，站在生产第一线，抓关键，切切实实解决生产中一个个具体问题。过去工人备件准备做得较差，一旦出了故障，就很被动，影响作业时间，通过种试验田，领导干部发现问题，狠抓薄弱环节不放，采取加强责任制办法，上班进行检查，做好备件准备，既使出了故障，也能立即抢修，大大缩短了停机时间。在做好备件的同时，提倡大兴协作之风，扭转过去某些工种顾此失彼，相互失调现象，做到炉子、轧机、精正三工序密切配合，互相协作，一人有事，众人相帮。由于互相协作，全车间形成了一条心、一股劲，取得了钢材生产大幅度增长的胜利。

（原载半钢通讯报 1960 年 8 月 7 日，与沈志秀、宋百朋合写）

小轧车间青年掀起增产节约运动高潮

小轧车间全体团员青年热烈响应党中央以增产节约号召，掀起以产节约运动高潮。在 24、25、26 三天拾废钢铁 49.5 吨，节约粮食 461 斤，还有很多手套、口罩等劳保用品上交给车间，为国家节约了财产。

（半钢通讯报 1960 年 8 月 31 日，与朝阳合写）

大闹班组竞赛

半山钢铁厂小型轧钢车间职工大闹班组竞赛,促使钢材生产大幅度增产。到九月二十五日止,钢材合格率达到了百分之九五点八,钢材产量完成三季度生产计划百分之一百点九三。

(原载浙江日报 1960 年 9 月 29 日第二版)

认真细致做好生产小组工作

"半钢"小型轧钢车间领导干部在炉前大种"试验田"推动生产全面提高

(本报讯)半山钢铁厂小型轧钢车间党委的领导干部,在生产小组大种"试验田",及时解决生产关键问题,促进了生产大幅度增长。

8月初,车间党委在总结 7 月份生产工作时,发现各个生产班组之间,先进和后进的差距很大,如果能够加强集体领导,切实做好小组工作,使每个小组都达到先进的水平,那么,轧钢的质量、产量都能够大幅度提高。于是决定车间主要领导干部分头深入日夜三班,到炉前、轧机前大种"试验田"。

领导干部到炉前以后,选择了生产水平最落后的轧钢丙班作为"试验田",帮助他们解决生产中的具体问题,总结了一套"六快"(上料加煤提高炉温快、出钢快、喂钢快、拉钩快、冲孔校植快、运输校修快),"五好"(备件搞好、开车前检查好、质量好、联系协作好、操作精力集中好)、"三不喂"(低温钢、开花头、裂缝黑头钢不喂)以及"勤加煤、少加煤、交叉出渣"等一系列技术操作经验,并在生产上认真执行,经过六天时间,丙班轧钢产量便迅速提高,赶上了甲班,超过了乙班。

(原载浙江日报 1960 年 9 月 6 日第一版 与沈志秀,宋百朋合写)

土洋结合闹革新

半山钢铁厂轧钢车间工人,采取土洋结合的办法,利用废旧钢材,革新成功了一条自动滚道机和一架自动出屑机,节约劳动力二十余人,还大大减轻了工人的劳动强度。

(原载浙江日报1961年4月13日第二版)

大抓设备检修维护,小轧生产全面跃进

(本报讯)小型轧钢车间在开展以粮、钢为中心的增产节约运动中,充分发动群众,大搞设备备件和机器维护,并建立了一系列制度,使设备事故大大减少,有力地促进了作业率和钢材质量的提高,三季度钢材产量比二季度增长了37%以上,实现了优质、高产、低耗全面跃进。

小型轧钢车间的设备维护工作,在增产节约运动开展以前,有些人认为这是少数人的工作,平时对维护不够注意,也有少数人只顾产量,忽视安全操作,把不该喂轧的钢也喂了,因此经常发生事故,严重影响了生产。车间党委针对上述情况在增长节约运动中,充分发动群众紧抓设备维护工作,首先向全体职工进行"爱护设备"、"安全生产"等一系列正面教育,提高对设备维护工作的认识,把设备维护作为增产节约的主要关键和措施,列入劳动竞赛的内容,并组织技术人员、老工人利用业余时间定期向职工"进行设备维护与安全操作规程"技术教育。通过教育,提高了认识,工人们说:"战士打仗靠枪炮,我们生产靠设备。"因此要自觉地维护设备。车间领导除做好发动、教育外,深入细致解决设备维护具体问题,采取"一排"、"二分"、"五定"

的方法,一排是把问题排队,找出关键;二分是分轻重缓急,分配技术力量和材料设备;五定是定项目、定措施、定时间、定质量、定负责人。把"一排、二分、五定"和大抓小组"五定、8员"相结合,达到任务到组,责任到人,从而形成人人管维护,个个爱护设备的新风气,机修工段职工负起主要责任,一马当先,认真做好维护抢修。值班钳工组负责备件供应;电工组严格执行交接班制度,三班合作,加强电气设备检查;生产工人也抓得很认真,如行车组2人,专人负责,定期检查,既保证了正常生产,又节约了钢丝绳,接轴等许多检修物资;轧钢工自己动手维修设备,各种辊道设备障碍,比以前大大减少,基本上做到了不影响生产;加热工也学会了修理加热炉,有一次十多位加热工抢修炉子,修得好,修得快,提前三小时完成了任务,抢修后的第一天,钢材质量,产量都创造了新纪录。

(原载浙江日报1960年11月26日,与章文甫、宋百朋、沈志秀合写)

第一线上的一件小事

"嘟,嘟……"车工老方嘴里吹着哨子,双手扶着辊子,正全神贯注地指挥着天车把一只大轧辊吊上车床去,小沈在填道木。

一个小时过去了,装吊工作进行了还不到一半,天车司机老王埋怨道:"这样一个班只吊二、三根轧辊,其他活都不用干了!"原来他们是用五吨天车吊十吨大轧辊,准备先吊起一头,垫进道木,再吊另一头装上车床去,先后要化三个小时,这种老牛拖破车的速度,能不使人冒火吗?

大伙正焦急地议论着,对轧钢机旁走进来一个高个子阔肩膀的中年人,他看到这种情况也急了,说:"太慢了,要影响轧钢备件的供应!""天车太小了,没有办法呀!"司机回答说。中年人考虑了一会又说:"我看,叫加热炉旁吊钢胚的那部五吨吊车也过来,两部同时吊行吗?""对呀,试试看!"老方高兴地说着拔脚飞奔过去和另一个天车司机商量去了。

试吊结果,效果很好,一只辊子只花了半个小时就装好了,工效提高五倍。老方紧握着这个中年人的手,激动地说:"杜副主任,你可帮我们车工解决了大问题啦!"

(原载半钢通讯报 1961 年 1 月 11 日)

土洋结合闹革新　节约大批劳动力

半山钢铁厂轧钢车间钳工组工人,采取土洋结合的办法,利用废旧钢材,最近革新成功一条自动滚道机和一架自动出屑机,节约劳力 28 人,还大大减轻了工人的劳动强度。

(原载浙江工人报 1960 年 12 月 27 日第一版)

发动生产工人参加设备维修

缩短抢修时间 提高设备运转率 有力地促进了生产

(本报讯)半山钢铁厂轧钢车间发动生产工人参加机械设备维护抢修,把抢修任务落实到组、到人,保证了机械设备的正常运转,有力地促进了生产。

这个车间的设备维修工作,原来是依靠机修工段工人维修的。由于机器多,任务繁重,光靠机修工人的力量就有些忙不过来。为了解决这个问题,保证机械设备运转正常,车间党委采取大搞群众运动的方法,充分发动生产工人参加机修工作。党委首先向全体工人进行了爱护设备的教育,指出人人动手搞抢修,专业抢修与群众性抢修相结合,是多快好省完成抢修任务的一个好办法。与此同时,车间又组织机修工段老工人、技术人员定期为生产工人上设备维修和操作规程等技术课,帮助他们学习一般的抢修保养知识。在此基础上,车间领导对全车间设备维修工作作了全面规划,采取"一排"(排抢修项目和关键),"二分"(分清轻重缓急,分配技术力量和各项材料),"五定"(定项目、定措施、定时间、定质量、定责任人)的方法,把抢修任务分别落实到组、到人;并且,把接换皮带、安装配件等一般时抢修项目,下放给小组管理,因而,使全车间出现了人人搞抢修,个个爱设备的新气象。如行车组工人自己包干负责,定期做好行车等设备抢修工作后,既保证了正常生产,还结合抢修改革设备,节约了钢丝绳、接轴等材料。轧机工人自己动手维修抢修设备后,抢修工作进行得非常及时,使各种辊道设备运转正常,基本上做到了不因设备障碍而影响生产。

广大生产工人参加抢修工作以后,专业机修工人就可腾出手来,集中力量,制造备品备件,认真做好定期抢修和重点项目的抢修等工作。机修工人在互相配合的基础上,合理地作了分工。如值班钳工组负责当班设备维护;电工组及时抢修电气设备;车工组建立了设备病历卡,进一步加强了配件供应等工作。同时,还制订了计划检修制度,规定七天一小修,一季一中修,一年一大修;并在定期检修前充分作好备件准备,大大缩短了检修时间,提高了设备运转率,有力地促进了钢材生产的全面跃进。

目前,这个车间的职工决心再接再厉,继续加强设备维护检修,不断提高设备利用率,适应生产高质量、多品种、低消耗的要求。

(原载杭州日报1961年1月14日第二版)

自造镀铬设备

半山钢铁厂黄文灿报道:我厂在生产无缝钢管过程中,原来自己没有镀铬设备,只好请外厂加工,不但加工费用大,还不能及时满足生产需要。先进集体——淬火组组长韩太子和大家商量后,决心自己制造镀铬设备。他们派了淬火工林士明先后到上海和本市兄弟厂参观学习,回厂后,白天寻找材料试装设备,晚上学习有关镀铬工艺等资料,由于全组工人反复研究试验,和技术员、维修老师傅的大力协助,终于制成了镀铬设备。现在经过实际使用,不仅完全符合质量标准,而且使无缝钢管成本比原来降低百分之一点二二,全年计算,可为国家节约资金两万五千元。

(原载杭州日报 1963 年 7 月 15 日第二版)

三十余次试验

半山钢铁厂轧钢车间黄文灿报道:我们车间为了支援农业技术改革,今年拉制的无缝钢管有百分之六十以上是小管子,而原有的矫直设备只能矫直大型的管子。市级先进生产者周仲舒就向领导建议,自己动手造矫直小管子的设备。在领导的支持下,他和钳工老师傅张宝兴到上海永兴钢管厂取经,回厂后根据兄弟厂的经验,结合自己厂的具体条件,反复研究设备,经过一个多月的努力,先后进行了三十余次试验,终于使七辊式矫直机制造成功。现在经过实际生产的考验,不仅矫直质量完全合格,而且大大改善了劳动条件,使小管子生产显著提高,源源支援农业。

(原载杭州日报 1963 年 6 月 10 日第二版)

回收利用废旧料

(本报讯)半山钢铁厂一轧车间淬火小组工人,长年坚持废铅丝、二煤等废旧料的回收利用。每次元钢拆包后丢弃的旧铅丝,他们都收集起来,敲直后用来包扎模具淬火,每月可少领新铅丝三十公斤。长年累月积少成多,至今已节约的新铅丝九百多公斤。他们还坚持每班从烧过的焦炭灰渣中拣出煤来烧,一天节约焦炭六公斤,累计已节约了焦炭近五千公斤。

淬火组的同志还在兄弟组的帮助下,动手搞了自动淬火机,改进了淬火配方和镀铬操作方法,为国家降低加工费用。芯径镀铬原来每只加工费要五元,现在只要五角就够了,一年可为国家节约五万多元。

(原载杭州日报 1965 年 10 月 16 日第二版)

一堂生动的政治课

一月七日,我参加乙班冷拔组搞修建三个废料回收堆放点劳动中,我见铁栅太稀不牢,想给它加固一下,就跑到仓库领来四公斤半铅丝,当大家看到我要用新领来的铅丝扎铁栅,就议论开了,有的说要用,有的不同意用,突然工人周宝荣同志大声说:"勤俭办企业嘛!不能大手大脚,应该像王杰那样,事事处处注意节约,废料场为什么不能用废料来扎呢?"经他一说,原来主张用的人,也不吭声了,于是一场争论总算平息下来,接着:大家分头到废料堆中拣来了报废的钢丝绳,铅丝等一大捆,扎实在铁栅上,最后按上牌子,就这样一天时间,不花一分钱,建好了整齐实用的三个废料回收堆放点。

收工后,我怀着激动的心情,提着那卷亮晶晶的铅丝,快步去向仓库退料,走着、走着,心眼豁然开朗起来,感谢今天在劳动中工人给我上了一堂生动的政治课。

(原载半钢通讯报 1966 年 2 月 12 日)

回乡过节的打算

（一轧工人 沈晓峰口述 黄文灿代笔）

今年春节探亲回家，我有这样几方面的打算。

第一，随带"毛主席著作"，抽空就写，处处事事以毛泽东思想指导自己的言行。

第二，走亲访友时，请贫下中农介绍提前实现"四十条"中的好人好事，共同读读国内外的大好形势，达到互相鼓励，相互促进，巩固工农联盟。

第三，以勤俭节约的革命精神，从自己的生活水平出发，节日期间适当改善家庭生活，但不大吃大喝，不请客送礼。

第四，积极动员好自己的母亲不搞迷信活动。

第五，春节期间去粮库值班，做好护粮保卫工作。

第六，假期中，争取做到学习好、工作好、休息好。保证及时返厂，以饱满的精神，充沛的干劲，投入社会主义革命和生产建设新高潮。

（原载半钢通讯报 1966 年 1 月 19 日）

比先进　访用户　树立高标准思想

"半钢"无锋钢管质量稳步提高

（本报讯）半山钢铁厂第一轧钢车间，通过访问用户和学习先进，克服了骄傲自满情绪，树立高标准思想，下决心追赶上海先进水平，促使产品质量稳步提高,生产全面进步。

　　这个车间生产的无缝钢管,几年来进步较快,去年国家规定取消二级品以后,成品合格率仍达到百分之九十八以上。这时,部分干部滋长了骄傲自满情绪,认为自己的产品质量蛮不错了,车间党总支针对这一思想,组织干部和技术人员、工人出外访问用户,向兄弟厂参观学习,在访问中,他们看到本厂的无缝钢管有生锈、断裂等现象,钢管的规格、尺寸也不能完成适应用户的需要,又看到上海兄弟厂把世界上最好的钢管当作样品,从各方面赶超世界先进水平,这些事实使大家受到了很大的教育。他们说:"过去坐井观天,盲目自满,现在打开了眼界,才感到自己差得很远。""国家标准只是起码的要求,生产应当从用户需要出发,尽力满足使用的要求。"一致表示要学习上海兄弟厂赶超世界先进水平的雄心壮志,进一步提高产品质量。

　　在提高认识的基础上,他们从设备、工艺、操作、管理等方面找问题,下措施,狠抓产品质量,许多小组和工人相互挂钩,开展操作练兵,推广先进经验,普遍地提高了操作技术水平。同时,还针对生产关键,实现了二十四项技术革新,其中比较重大的就有九项,有效地提高了产品质量。

　　为了使提高质量和用户的需要结合起来,以满足用户的某些特殊要求,他们改进了管理,把用户的要求随着生产任务下达给班组,这样,工人都晓得每批钢材是为那家工厂生产的,有些什么特定的要求,就千方百计为用户着想,改进生产。按标准规定,管子长度在1.5米以上就算合格,可是化工厂一般都要四、五米长的管子,他们接到化工厂的任务,就尽可能生产长管子,巨州机械厂订了一批小口径薄壁钢管,提出公差要小,表面要光。他们根据这一要求,改进工艺,满足了用户需要,受到了好评。

　　由于他们踏踏实实地抓质量,钢管物理性能、外表质量都稳步提高,今年一至十月份正品率达到了百分九十九点三一。质量的提高带动了生产全面上升,产量月月超额完成计划,各项消耗普遍下降。

(原载杭州日报1965年12月3日第二版)

无缝分厂建立冷拔"专料专用"制度

无缝分厂针对生产中的薄弱环节,大力做好基础工作,从四月份开始,改变过去二十多年来冷拔钢耗估算推算的落后做法,他们比较准确地计算出108个大小不同规格的实际钢单耗,对冷轧生产实行了'专料专用'制度。从而推动了增产节约运动的开展,四月份冷拔生产每吨实际钢耗比计划下降三十公斤。

(原载杭钢报 1980 年 5 月 16 日,与周志明合写)

当前钢材销售的市场动态

积极推销钢材产品

为了落实我厂第四季度生产任务,销售处在八月初派出三个小组,向省内外积极推销钢材产品。到八月二十五日止统计,实际成交 7020 吨,其中小元、小螺占 93.2%。小元钢号 A3F 吃香。小元钢主要用于建筑,而建筑标准有明文规定要用 A3F 钢。我厂订货惯用 AY2 - 3F 钢号,已不受欢迎,现省内外订货普遍要求 AY3F 交货。为此我厂必须按指定钢号组织生产与发货。A3 F 钢一般应占 90% 以上为宜,才能满足用户需要。

出售次料 影响杭钢。最近发现萧山轧钢厂,利用我厂出售的60方坯头子,轧成小元钢后,以正品 AY2 - 3F 的国拨价下浮 10 - 20 元,再补贴运费送货上门等优惠办法,在金华等地推销。萧山轧钢厂的这种做法,不但争夺了我厂的正品市场,而且直接影响了我厂质量声誉,为此,我厂必须立即采取相应措施。

今年与去年 八个不一样。综观钢材市场,今年和去年相比,有"八个不一样":第一,去年是计划供应,今年是敞开供应;第二,去年钢任务吃不了,今年任务吃不饱;第三,去年是采购员满天飞,今年是推销员全国跑;第四,去年是高价、议价成风,今年是优惠办法,下浮价普遍;第五,去年是出口任务少,进口钢材多,今年是出口任务增加,进口钢材减少;第六,去年钢厂是增盈的多,摘帽的多,亏损的少,今年上半年是增盈的少,减盈的多,亏损户增加;第七,去年钢厂多以高产得利取胜,今年由于市场竞争激烈,确实只有品种对路价廉物美才能生存发展;第八,去年钢厂是供方"朝南坐",用户上门求援多,今年是把用户当"皇帝",送货到家优惠多。

千方百计 提高产品竞争能力

根据当前市场情况,钢材产大于销,库存普遍增加。执行部分品种的地方价以来,价格已趋混乱。同行之间,在品种、质量、价格和服务等方面竞争激烈。但从向外推销来看,还是长线中有短线,积压中有缺口,杭钢部分产品在省内外用户中仍受欢迎。只要全厂职工同心同德,群策群力,做好市场调查,加强预测预报,增加对路品种,提高产品质量,降低生产成本,改善服务态度,我厂产品的竞争能力一定会有较大提高。

(原载杭钢报 1981 年 9 月 11 日)

1982 年上半年全省金属材料订货会议

浙江省物资局和冶金局联合召开的 1982 年上半年全省金属材料订货会议,11 月 3 日至 7 日在我厂召开。省物资局、冶金局的领导和省内外一百多个用户单位的代表参加了这次会议。

全省范围的大型订货会议在我厂召开,还是杭钢建厂以来第一次。这是省物资局、冶金局领导对我厂的关怀和鼓励,也是省内外广大用户对我厂的信任和支持。在这次会上,除了通过业务洽谈落实了我厂明年上半年的销售任务外,代表们还对我厂的产品结构、质量标准、产品价格和服务态度等方面提出了许多宝贵的意见,对我厂在调整时期进一步沟通供需渠道和改进企业管理,将会起到很好的促进作用。

(原载杭钢报1981年11月7日)

当前冶金产品的市场动态和销售形势

通过1982年上半年省内与全国钢材订货会议和市场调剂活动,行情初步稳定,动态渐趋明朗。根据所获得的消息,当前钢材主要品种供需情况如下:

1982年上半年全国钢材订货会议于去年11月底在邯郸市召开,会上共订货716万吨。从品种来看,供需矛盾比较突出的主要是板材、中型材、冷带钢。无缝管的部分规格也出现了供不应求的趋势。线材、小元钢、优质钢、钢窗和金属制品仍属长线产品。经过这次订货,冶金企业提供的货源还剩余约259万吨。

由于轻工和日用消费品的生产增长很快,对板、带的消费由占钢材总量的10%上升到15%左右。国内生产满足不了需要的增长,物资总局表示要挖掘生产潜力,同时进口一部分薄板和中板,预测下半年短缺情况可望好转。

无缝钢管的供求出现紧张趋势。据中国金属公司预测,每年约需无缝钢管150万吨,而国内生产量只有120万吨左右,缺口30万吨。由于进口控制、库存减少,加上今年几个大的无缝钢管厂要进行大修,产量有所减少,使供需矛盾显得突出。

中、小型钢厂生产的小型材因实行地方价,用户择价进货,地方价缺乏竞争力,因而受到冲击。小元钢全国仍是产大于销,库存饱和。

从全国钢材销售形势来看,有长有短,有饥有饱,但关键在于产品竞争能力如何。我厂产品和同类型厂相比,由于具有质量好、信誉高、沸腾钢多、价格适中、交货及时和发货量足等优势,故上半年132500吨钢材资源,减去预交和库存,净计出120884吨。除二轧型钢车间尚有少量剩余资源外,薄板、无缝、中型、小元钢均已吃饱。我厂产品的销售形势趋向好转。

当前,销售处通过群众性的总结评比,提出了今年的工作打算,总的想法是出谋献策搞活经营,全心全意做好销售,千方成计为我厂夺取利润半个亿而做出新贡献。

(原载杭钢报1982年1月14日)

钢材市场发生新变化

自今年全国钢材订货会议以来,钢材市场从滞销逐步转为畅销,近来又出现偏紧。除薄钢板持续紧张外,原属长线的线材、小型材、优质材、矽钢片等也出现了紧缺。

全国下半年钢材可供资源仅能满足需要量的91.8%,有一定的缺口,但从我国钢材的生产,进口和库存情况看,供需总量基本上可以平衡,而品种矛盾较为突出。如我厂生产的轻轨薄板,无缝管都不能满足需要。

当前我省市场对钢材需求增加的原因:一是重工业积极调整产品方向,在长线中找短线,扩大服务领域,注意抓好经营,水表、电表、汽车、台钻、锅炉、叉车等十种适销对路的产品,今年成倍增长;二是基建的技术措施和自筹资金用的钢材大幅度增加;三是农村盖新房的多了。如嘉兴七星公社有4061家农户,今年有343户建房,就需钢材137.2吨。因而就对钢材需求量提出了新的要求。我厂上半年共销售钢材15.9万吨,比去年同期增长37%,但还是满足不了市场需要。最近,省里又要求我厂再增产钢材一万吨,以解决增产机械、轻纺、农机部分名牌产品的急需。因此,我厂钢材生产任务十分繁重。

（原载杭钢报 1982 年 9 月 22 日）

市场短波

在 83 年上半年全省冶金产品订货会上，我厂已订出铸造生铁 2.5 万吨，商品坯 2.5 万吨，钢材 8.1 万吨，金属制品 1 千吨。小角钢和无缝管的多数规格，基本上满足了用户需要。但从我省的实际情况看，市场预测今年全省需要铸造生铁 18 万吨，钢材 108 万吨，其中需要杭钢的产品 61 万吨，而我厂只能满足三分之一，缺口较大。

我厂热轧带钢投入试生产后，省内外不少用户问询陆续来我厂求援。由于我厂坯料资源困难，产量无法满足需要。

83 年上半年全国共落实统配钢材订货合同 879 万吨，满足全国订货需要量的 92.9%。主要短线品种有线材、小型材、碳结材、薄板、中型材、重轨、轻轨、硅钢片等，共缺 60 万吨。而优质型材却剩余 16 万吨。说明当前刚才市场既供不应求，又需经常调整产品结构。

冶金部于去年十二月在郑州召开农用钢材调查会，据悉今年全国农用钢材需要量为 528 万吨。其中农机修造 35%，社队企业 26%，农村造房 17%，基本建设 15%，农副设施 4%。而国家和地方分配量为 250 万吨，缺口较大。冶金部打算年初以计划外钢材 5 万吨支援农牧渔业部，其中我厂增产支农任务是 500 吨。

（原载杭钢报 1983 年 2 月 26 日）

用户请上门　服务又热情

厂销售处及早落实明年氨水销售计划

(本报讯)厂销售处为了实现产销早衔接,提前落实明年产品销售计划,最近召开了一次氨水订货会议。

这次会议,共邀请省内十四家工厂的二十一位代表参加。会上,?厂销售处同志对需方代表热情的接待,并认真做好销售服务工作,介绍了我厂氨水生产的工艺和质量情况,向新用户送了"农用焦化氨水使用说明书"。还组织供需双方座谈,征求用户意见,请老用户介绍使用我厂氨水的经验,互通了信息。会议期间在大家互利前提下,经过两天的认真会谈,共签订了明年供应氨水五千三百五十吨的合同,供需双方都感到满意。

(原载杭钢报1983年10月)

前道工序要"优生"　后道工序要"优育"

《杭钢报》连续发表文章和消息,对以提高产品质量为突破口开展企业上等级的问题,开展了民主讨论。现在,我也来谈谈看法。

无缝钢管质量不好,我作为钢管分厂的职工,心里十分着急,感到我们分厂的确有着很大的责任。现在分厂领导正在采取多种措施,发动全体职工努力提高钢管质量。

但是,从我厂实际情况看,要切实提高钢管质量,还得认真从头抓起,前道工序要做到"优生",后道工序要做到"优育"。因为如果管理本身有缺陷,有些虽经磨修而得到了挽回,但从本质来说,后道工序还是"回天无力"。说这话并非毫无根据。记得1963年杭钢第一年生产锅炉管时,就曾发现自产坯生产的钢管,原废率较高,成材率偏低。当时学习了上海兄弟厂的经验后,曾提出要坚持不合格的管坯不投产,但是没有得到应有的重视。再从外单位使用杭钢管坯和杭钢使用外单管坯的情况来看,也说明这个问题。1984年无锡钢铁厂曾向我厂借用管坯300吨,投料后发现表面夹杂严重,裂纹过多,连剥皮厚也难以使用,只得把余下的二百多吨退回我厂。最近,生产处拨给分厂一批"太钢"平炉管坯,拉拔出的钢管原废弃就大幅减少,9月2日厂质量处对入库的锅炉管抽查结果,合格率达96.6%,这不是一个很好的说明吗?

(原载杭钢报1986年9月12日)

家事篇

在故乡绍兴

妹妹和妹夫

我有三个妹妹、大妹黄水根,因家庭生活困难,10岁时先送到亲戚家照顾孩子,吃口饭,到12岁就进杭州六一织造厂当童工,分在缝纫车间做事。新中国成立后,她利用业余时间,进夜校、学文化,才逐渐识了不少字。大妹夫沈宝昌是同厂职工,每年的先进工作者,后来脱产当干部,"文革"期间在杭州市棉纺公司上班,后派到杭州市五一棉织厂任党委书记,最后在省外贸公司退休。他们生有一女黄曼玲、二子沈云、沈飞。沈云现在省外贸公司上班。2000年7月,妹妹、妹夫和我们两口一起赴欧洲十国游,大开眼界,留下许多难忘的回忆。

二妹黄顺园,也是家庭经济原因,只读了几年小学,15岁时进杭州六一织造厂做工,分在整理车间。她业余时间喜欢唱戏,经常参加厂里文艺演出。她成年后找了缝纫车间的保全工李眸,当了我的二妹夫。李眸从小是孤儿,在孤儿院长大,上班后找到到亲生母亲和二位曾经抚养过他的养母。当时他只挣三十几元工资,每月给三个母亲一人五元,赡养她们。弟弟听说后,写了篇文

大妹

大妹和妹夫

二妹

章《姐夫一席话》发表在《杭州日报》(1965年11月16日)。李晔一生老老实实、平平凡凡,最后在杭州针织厂双双退休。好在妹夫有一手修缝纫机的好手艺,退休后被社办厂多次请去当老师傅,赚了些小钱补贴家用,改善了生活。她俩生有一女李蓉、一子李健。

三妹,黄顺宝,最小的一个,也就是老黄家的老五,1953年12月4日(农历)在杭州红房子保健院出生。当时全家七口,有四人参加工作,经济条件略有好转,读书至初中毕业,遇上"文化大革命"。二哥报名去黑龙江插队落户,她18岁招工进入杭州市园管局,分配在虎跑寺当接待员兼营业员。她成年后经大姐夫介绍,找了个老革命的儿子耿建民,成了我的小妹夫。他在市中北出租公司当驾驶员,收入还可以。就是人比较辛苦。不幸的是,1992年11月4日,送台湾客商到临安昌化,回来的路上在临安与大客车相撞,车祸身亡,年仅43岁。两人生有一女耿雯,现在省外贸公司工作。

二妹和妹夫

三妹

我的三个妹妹有个共同特点,参加工作早、文化程度低、为人节俭、当了一辈子小工人。三个妹夫也有个共同点:爱老婆、爱孩子、爱节约,一切为了这个家,和睦相处,相亲相爱,都评得上模范丈夫。我做大哥的十分佩服。

弟弟的一家

黄家兄妹五人,弟弟排行老四,1947年春生在绍兴,取名黄顺运,是长辈希望他一生顺顺当当运气来的意思。1948年夏天,天气闷热的傍晚,我在仓桥河边捞小鱼小虾时,弟弟才17个月大,老喜欢跟着我,蹲在河边看……

父亲、我、大妹,都在六一织造厂做工。1952年母亲带着二妹和弟弟来到杭州租房居住,一家人终于在杭州团圆了。

弟弟在杭州读的小学、初中和高中。他既聪明、又勤奋、爱看书、勤思考,学习成绩年年在班级领先。由于"文化大革命",他考大学成了泡影,从杭一中高中毕业,就报名上山下乡了。当时家里父母都不同意,可他不顾家人劝阻,还是写下血书在学校报了名,于1969年3月6日坐火车离开家去了遥远的黑龙江。

他在黑龙江边同江县三村大队当农民,干过农活,什么刨粪、春播、铲地、割地、拉粮、送粮、喂马、放马等农活,他件件干过,还干得不错。二年后,他被调到公社广播站工作,1974年入了党,担任了公社知青助理兼公社团委书记。1975年调到佳木斯广播电台当记者,工作两年年年评为优秀记者。不久因为工作需要调回同江县委宣传部担任县委通讯干事、县广播站副站长、同江市宣传部副部长等职。

1987年,省委组织部调他到省社会科学院工作,曾先后担任助研、副研、研究员和民族文学研究室主任等,研究方向是民族文学和民俗文化,现在是著名赫哲族研究专家、教授,主要代表著作有《赫哲族文学》《通古斯—满语族神话研究》《赫哲那乃、阿依努原始宗教研究》《中国伊玛堪》《伊玛堪研究报告》《伊玛堪研究史》等专著,合著编著40余部,有的被译成日语、韩语和英语,有的被评为国家和省的优秀著作奖。发表论文160余篇。现在他已退休,还兼职黑龙江伊玛堪研究中心研究员和省社科院研究生院教授。

最近,弟弟的学术研究成果著作、论文、手稿、录音、录像、奖状等在佳木斯市博物馆和佳木斯大学赫哲族历史文化馆、同江市赫哲族博物馆及黑河知青博物馆、黑龙江省图书馆、黑龙江省社会科学院图书馆、哈尔滨市图书馆等地方文献室展出和永久保存。他为抢救和保护赫哲族文化遗产做出了贡献,这不仅是弟弟的光荣,也是黄家全家的光荣。

弟弟的爱人叫周乃勤,是同江的小学高级教师,优秀教师,也是称职的教导主任,在家又是个贤妻良母,为了养好养大两个儿子永刚和永路,付出了许多辛劳;为了家,为了孩子,她在48岁时提前退休。弟弟和弟媳,一个南方人,一个北方人,能走到一起,是一种缘分。转眼40多年过去了,能相互关心,相互照顾,是最大幸福。

老大永刚,老小永路,1979年春节第一次来杭州看爷爷,大的才5岁、小的才1岁,照片中被父母抱着。1987年春节,再次来到杭州看爷爷,永刚13岁,永路9岁,照片上并排坐,笑嘻嘻,能看出已经懂事了。

永刚在1995年从大庆石油学院毕业参加了工作,在2000年春节带新娘子来杭州看大伯,一见面就知道,永刚是他爸爸的翻版,活脱活像,声音笑貌全像。2002年夏天,永刚夫妻俩到日本留学读研究生,毕业后在日本工作,现在,小夫妻已有一子一女,为了改善父母居住条件,他还在哈尔滨买了新房让父母居住。

小儿子永路相貌像妈,知识学爸,从小爱读书,爱写文章。从大学时代开始在报刊上发表作品,从军后笔耕不辍,发表50余万字。他在大学入的党,在2000年黑龙江大学中文系新闻专业毕业,同年7月光荣应征入伍,任广东武警江门边防分局中尉、副连职干事。2001年11月18日因车祸去世,年仅24岁。黑龙江日报、边防武警、生活报、新青年等报刊报道了他的生前事迹。

永路,你的人生虽然短暂,但你生命的每一天都在用你的善良去对待周围的每一个人,用坚强和奋进书写着你的人生的经历。

永路,你匆匆离家人而去,留下的是你无私奉献的精神,勤奋好学的劲头,保家卫国的志向,朝气蓬勃的身影,助人为乐的品德,永恒难忘的微笑……

永路,你父母为了怀念你,把你生前的文章搜集到一起,编了一本你著的《绿色的梦》,于2002年黑龙江人民出版社出版。大伯看了你的这本书,真是很感动!大伯怀念你,我们全家都怀念你!

黄永刚夫妻2000年春节在杭州探亲

黄永路(1978-2001)

黄永路参军前家中合影(2000年7月10日)

浣纱河的回忆

浣纱河是杭州的一条历史名河,坐落市中心紧邻西湖边,因美女浣纱在河里洗衣而得名。河宽六米,前到解放路,可直通西湖,后到庆春路,接盐桥小河,全长数千米。一直以来,附近百姓靠它淘米洗菜洗衣服,相传有数百年历史。

1971年开始,国家备战备荒为人民的需要,决定改造浣纱河,杭州市防空办要把它建成最长的地下防空洞。

经过一年多努力,到1972年7月,浣纱河水已全部抽干,表面全是发黑的烂泥,还有垃圾和宝贝(出土铜元铜钱较多)。

当时,黄林在杨凌之巷小学读四年级,暑假的一个周日下午,和二个同学结伴,穿着塑料拖鞋,走到市一院门口,下河挖宝。真是命运不佳,宝没有挖到,左脚往烂泥里踏下去,用力过大,脚后跟被下面碎瓷片割了一个大口子,一下子鲜血直流,后跟白白嫩嫩的筋也露出来了。黄林见状,吓得脸色发白,大呼救命,附近二个同学见状,立即过来帮忙,一拐一拐扶着送到家门口。

大约下午四点,星期日爱罗正在洗被子,看到小儿子左脚跟全是带血的条条,已经凝结,还看到白白的筋,一时吓得话也说不出来了,冷静下来后,急忙拿起钞票背起儿子快步奔向市一医院。这时爱罗四十有余,平时力气较小,为了儿子,顿时爆发出如此大的干劲和能量,真是不可思议,也许这就叫可怜天下父母心,母亲真伟大。

黄林在去医院途中,焦急地问妈妈:"我会不会得破伤风?听说破伤风要死人,我会死吗?"妈妈安慰说:"破伤风可以打针解决,伤口止血清理、缝补那就全靠急诊室外科医生的手艺了。"

医生手艺精,医德高,服务态度好,通过休息和几次换药,黄林的伤口在十天左右后就基本恢复了,学习也不受影响,他一脸高兴。

在人生中,这虽是一次小小的事故,但也要吸取教训,不要忘记哦!

杨帆的故事

我的直系小辈有三个,孙子钱彬(因岳母在世,特喜欢男孩,所以我第一个儿子按照老人意愿跟了妈妈的姓,孙子也就姓钱了)。他电大毕业,现在杭州房业物资公司做仓库管理。外甥杨帆,硕士生毕业,现在市第一医院当内科医生。孙女黄樱子,在美国宾州州立大学毕业,准备考研究生。

杨帆1987年8月10日生,从小在外婆家住得多。1994年8月上小学(8岁),进安吉路小学,实行9年一贯制(小学5年,初中4年)到2003年6月毕业,回父母家读高中(杭州高级中学),外婆家先后住了十多年,时间长,故事也多。让外公随便讲几个吧!

一、爬上窗口,大叫外婆。

1990年夏天,杨帆叫名4岁,原来在床上睡午觉,外婆想抓紧时间速去万寿亭菜场买点杨帆喜欢吃的虾儿回来,前后离开不到20分钟,刚走到楼下门口,就听见杨帆在楼上大叫外婆,抬起头来,看到杨帆醒了,爬在后房的窗口边,头朝外,上身想出来的样子,这可把外婆真急坏了,连忙说:"杨帆快回房去,外婆上来了!"接着是三步变成二步行,像冲锋一样上五楼,房门打开,只见杨帆已从后房窗口的凳子上爬了下来,已跑到门口迎接外婆来了。外婆把小菜一丢,一把抱起杨帆,眼泪就下来了:"杨帆呀杨帆,你真把外婆吓死了,如果掉下来,你外婆怎么交代呀!如果出事,你外婆怎么交代呀!"虽然化险为夷,虚惊一场。但在外婆的生活中,留下了阴影,她曾多次提起过此事,"今后无论谁管小孩,大人都千万不能离开半步!"这是切身的经验教训呀!

不久,请来老师傅,后窗全部装上了防护罩,确保安全第一。

二、放学和同学打水仗。

1995年,杨帆叫名9岁,放学后经常在路上打水仗,不管输赢如何,回家后自豪地告诉外公外婆说:"他们永远是输家,我永远成赢家!"外公问:"为什么?"杨帆回答说:"他们二个人,每人每天买二瓶水,需要八元人民币,我用二只空瓶家中装满自来水带去,不用浪费钱么。"

杨帆家的经济条件不错,杨平与春春就这么一个唯一的男孩,从小就这么懂事,真叫人出乎意外,虽是一件小事,叫外公外婆内心佩服至之。

三、叫外公晚上八点后买汉堡。

2000年,杨帆叫名14岁,很喜欢吃汉堡,下午买一只回来,次日的早餐。开始自己下课后去买,每只拾元,后来看到广告说:"晚上八点半价五元。"回家后同外公商量:"我要复习,晚上8点请外公代买一只汉堡,行不行?"我说:"行呀!"先后代他买过几次,直到他不想吃了为止。

杨帆在外婆家住长了,当作了自己的家,感情也深了。放学回来,和外婆抱抱,说几句悄悄话。外婆告诉他今晚吃什么!明天想吃啥?然后开始做作业,自觉学习,电视看得很少。懂事得很,从不给外公外婆添麻烦,真评得上"优秀的外甥"。

杨帆和外婆(2004年)

外婆生病住院,杨帆高中即将毕业,准备考医大期间,已住父亲家中,先住大关小区,后搬清水公寓,虽学习忙,路又远,还多次来医院探望外婆,外婆深受感动,为有这么个好外孙而自豪!

记得外婆开追悼会那天,来了百余人,当主持人宣布追悼会结束,杨帆第一个扑了上去,抱住外婆不放,号啕大哭起来,场面令人感动之深!

这就是感情,就这是亲情。杨帆最后说:"外婆,我永远爱你!"

老板的味道

1990年12月底，本人经杭纲组织部批准，正式退休。退休前由组织部派去安吉县钢管厂担任了四年的副厂长，退休后又继续留任四年，直至1994年3月离任。

当时，我精力比较旺盛，身体健康，政策允许也为了发挥余热，为了赚钱，便向工商局登记，申请营业执照，设立"杭州宇华纺织公司金属部"任经理，性质个体，经营范围钢材销售，窗口设在打铁关杭州物资城大厅内，干起了个体老板的生意。

室内仓库是借用杭州市金属公司的，露天仓库是租用物资城的。人手不够，雇用了杭州锅炉厂退休的秦师傅帮忙，先向工厂采购了一批常用的无缝钢管，放入仓库做底货，按照用户需求再增添品种数量。

这样二个人经营一个公司，生意不管大小，每天都有。看着营业额不小，但利润却很薄，主要是费用大，如场租费、仓库费、出差费、运输费、工资、交税、回佣、就餐等等，先后干了六年，到1999年结束时结算，净利润还不到贰拾万元。

小本生意，诚信经营，当小老板，看似风光，但尝到的滋味是甜、酸、苦、辣都有：

第一，做生意首先要规矩，不能骗人。用户要欠款的大生意不敢做，只做点现买现付的小生意，当然做不大，钱也赚不多；第二，不少用户希望我们陪同看货，货看对，价谈妥后，还要陪同过磅装上车，才肯付钱。记得有一天下午，仓库行车坏了，请老师傅修了三个小时，到五点多才修好，通过我发加班费，到晚上七点半才吊好装好，用户到传达室拿出陆万多现金要我签收，事情办妥已八点多，用户开车出发，我在门口等了很长时间，也叫不到的士，只好手提现金在黑暗中足足走了一站多路，到重机门口才乘上12路公交车，回家已九点多了。我辛苦不怕，想想万一在暗处碰到坏人怎么办。第三，做生意，要讲信用，要保证资金安全。但社会太复杂了，各种各样的人都有，每天做着大大小小的买卖，你千小心万小心，还是要出娄子，总是有钱收不回来。例一，富阳客户，买好钢材壹万元，结账时只有五千元，说好次日再带五千元来开发票，他不来了。例二，留下客户，买好钢材五千元，结果次日银行支票退回，人也不来了。例三，杭州市第一运输公司认识的老采购员，买去钢材壹万元，说公司财务没有钱，就是欠着不付。以上三例，我亲自上门多次讨款未果，此事告诉女婿杨平后，他通过托熟人朋友帮忙，再和我一起上门催讨，不久才圆满解决，讨回现金贰万元。

最后，还有建德客户欠款六千元（货款四万元，当场已付参万四仟元），绍兴客户欠款壹万元（货款五万元，已付贰万元，又付贰万元），多次催讨，希望不大，我也就放弃了。也可能是年纪大了，已不适应此类工作，于是自我决定，向工商税务部门办理申请歇业，在1999年公司关门大吉。

股票有风险

1999年自办公司结束后，休息了一段时间，觉得无事可做，人空荡荡的。后看到周围不少老年人在证券公司进进出出，当然也想试试看，于是向海通证券公司申请开户，设立股票账户，操作A股B股，投入了自己的积蓄和二次国外旅游回来多余的美金。

做股票有风险，不是赢就是输，理论上讲是投资，实际上和赌博差不多，结果是多数人输，少数人赢，这就是规律。股票市场上常说的一句话是"一赢、二平、七输"。我可能是命运的照顾，最后进入了赢的行列，在这个赢利队伍中，我是赢得比较少的一分子。十八年来，有盈有亏，按平均计算，每年盈利约贰万元左右，只能说小有盈利，赚个利息罢了。

股票有风险，股票有惊喜，股票也有故事。下面讲亲身经历的四个小故事。

代人抄股

股票头二年,赚了一点小钱。爱罗的老同学何水莲知道后,在 2001 年底,拿来现金 63000 元,托我帮忙做股票,实际上没有经验,也没有把握。刚做股票,不知风险,胆子特大,竟答应了下来。2002 年至 2005 年上证 A 股在 1100 至 1400 点之前徘徊,上也上不去,下也下不来,做了三年多,赚不到什么钱。后来,爱罗病情加重,她自己很清楚,故在 2005 年秋,她通知何水莲带原收据来家领款,当场退还本金 63000 元,另加利息 7000 元,实付柒万元整,皆大欢喜收场。半年后爱罗病故,生前她对此事想得周到,办得圆满。

最佳股票

2007 年 3 月 27 日傍晚,朋友见面,谈及股票,赵师傅说:"我今天收盘时买了一只 600177 雅戈尔,你可以参考参考。"次日上午,我看了该股基本面和走势,上升通道,盈利也不错,手头刚有余钱,以每股 13 元的单价,买入 5000 股,用去 65000 元。4 月底升到 16 元,赵师傅说:"我卖了,落袋为安"。我护股不动,每天看、看、看,它继续上升,5 月底涨到 26 元,6 月中旬又 10 送 2 股,我还是护股,到 6 月 27 日我在 34.50 元高位抛出 5000 股,加上送股,相等于 39 元出货,得款 195000 元,整整三个月,获利 13 万,这是我经手的一只《最佳股票》。股票抛完后该股一路下跌不止,几年后回头一看,跌得惨不忍睹,每股仅剩 7 元而已。

熔断机制

2015 年 12 月 31 日收盘,上证 A 股 3539 点,过了一个月,到 2016 年 1 月 29 日只剩 2737 点,跌一次就是几百只跌停板,全盘皆绿,惨不忍睹。一个月连跌 800 点,真叫人跌破眼镜,亿万股民,人心大乱,无比恐慌。原来是证券会主席肖钢搞创新,实行股票熔断机制,造成多次惨烈大跌,大盘一个月跌去四分之一,惊动了国务院,临时决定熔断机制暂停,肖钢停职,事件才逐步平息。亲眼见到了股票最大的一次风险,我一个小股民,一个月就亏了近贰拾万。

三只新股

2016 年新股中签率一般在万分之二左右,我只有一个账户,一至八月,周一到周五,天天打新股,天天没有中。奇怪的是 9 月 15 日至 10 月 14 日,一个月内连中3只,天上真的掉下了馅饼。

2016年9月15日,中300545联得装备500股,单价13元5角,付款6750元,到89.32卖出500股,得款44660元,减去成本6760元,获利37910元。

2016年10月11日,中300551古鳌科技500股,单价12.48元,付款62400元,到95.50卖出500股,得款47750元,减去成本6240元,获利41510元。

2016年10月14日,中603859能科股份1000股,单价7元5角4分,付款7540元,到57.99元卖出400股,到57.60元卖出600股,得款57756元,减去成本7540元,获利50216元。

一个账户,一个月内连中《三只新股》,获利13万元,在证券公司也是少有的,这是巧合,也是惊喜,更是运气!

哈尔滨之旅

亲情是剪不断的,这是永远存在的事实。小辈春春、洪儿常念及叔叔,在叔叔离杭赴黑龙江前夕,高中毕业,风华正茂,曾带她们到柳浪闻莺公园,在雪地上堆过雪人,拍过照,照片还留着呢,但时光却五十多年过去了,怎不叫人留恋?怎不叫人牵挂?

2016年9月初,经春春电话与叔叔联系,叔叔虽已退休,仍在继续写作、讲课,发挥余热。国庆期间休息,正好是个空档,欢迎我们去哈尔滨。

钱洪提前订好机票,大家带着日常用品和一份家乡特产,于10月3日12点30分从萧山机场直飞哈尔滨,三个小时到达,阿远请了朋友开车,亲自接机,用了一个小时,送我们进家。新房是永刚买给父母住的,房子有100多平方米大,地处市中心,不错,就是格式差一点。

晚餐的菜,多为阿远采购,南方风味。加工由乃琴和好友(音乐学院副院长)合作,北方风格。眼前是一桌丰盛的晚餐,盘子大大的,菜盛满满的,有湖蟹、红烧肉、江鱼子、红烧排骨、大马哈鱼、红烧鸡块、牛肉粉丝、炒生菜、蔬菜沙拉、白菜肉片,还有红肠和烤鸭等十多盆菜,长方桌全放满了,饮料是汽酒、啤酒和葡萄酒。叔叔请了二位好友,一起为我们接风洗尘,小菜烧得不错,就是数量太多,七人用餐,放开肚皮,也只消灭三分之一,谢谢叔叔婶婶盛情接待,我们从内心深受感动。

我、洪儿、春春,首次到哈尔滨,叔叔要带我们去走一走,看一看,一切听从他的安排。

10月4日上午,乘了乃琴干女儿的两辆小车,去五十公里外的郊区,参观了金代展览馆,这里是全国闻名的金兀术大将军之故乡,金从起兵,兴旺到衰落,先后有十一代,第一代皇帝金太祖,功劳最大,它是北方最勇敢最兴旺最发达的著名民族,历史上有"北有金国,南有南宋"的说法,足见它的历史地位。公路旁边还留泥土堆积起来老城墙作纪念,墙内建起了大葡萄园,现在正是成熟期,主人采购了二大袋最甜的葡萄,叫我们回家品尝。

中午请我们吃当地特色菜,名字叫"老东北大炖菜",它在一间小房子内,一张矮方桌中间有洞,上放一口大铁锅,下面有灶,用柴烧,边上有烟囱。锅内放底料和开水,把五斤左右一条大草鱼烧八成熟放进去煮,按客人需要,可添加各种小菜和调料,如豆腐、菠菜、土豆饼、炒面、花卷、酸辣土豆丝、酸甜萝卜丝等等。客人坐在桌子四周的长凳上,饮料或红酒自选,边吃边聊,吃好吃饱为止,中餐一起七人,连饮料共308元,由乃琴干女儿请客买单。

我们第一次看到和尝到了东北特色菜,口感不错,颇有特色。

下午开车回家,送我和洪儿到省工会大厦宾馆休息,送叔叔和春春到家休息。

晚上,叔叔陪我们三人吃"日式拉面+小菜",杭州也有,但我从未进去过。

10月5日上午,打的到斯大林广场,第一次亲眼看到松花江,江宽水深风景美。中午,叔叔请我们吃西餐,哈尔滨名店"华梅西餐厅",该店历史悠久,名气大,生意好。菜的主角有牛排、牛肉、虾肉、色拉、面包等,外加饮料,全家五口人,吃了六百多,叔叔请客,让我们开了一次洋荤,尝到了正宗的俄罗斯风味。

中餐后上步行街,经过新一百货大楼,进去逛了一圈,楼层多多,物资丰富,看的人买的人都不少。出来后我们一行去参观了索菲亚大教堂,广场人很多,参观都要排队,除70周岁以上老人外,一律要先购票后排队再入场,这是哈尔滨现存最古老的教堂,外观典型的俄罗斯风格,已有一百年的历史。

10月6日9点,叔叔打的带着我们,不走水路走陆路,过大桥直上太阳岛。太阳岛是旅游业的金名片,前几年报纸媒体曾铺天盖地介绍过,可以说,全中国人都知道。在杭州有个说法:"不登太阳岛就不能算去过哈尔滨。"

岛上有一片郁郁苍苍的树海,岛的四周是平坦宽阔的水泥路,两边花坛种满花草,清洁的草地,给人以清新之感。

为了节约您的体力,精力充沛地参观,大门口备有一长串游览车等候您的光临,车费每人贰拾元,可到达四个主要景点。

乘车先到太阳湖前的"水阁云天",这里是一座古色古香的楼阁,雕梁画栋,黄瓦巨檐,很像是古代建筑。里面有不少字画,字写得龙飞凤舞,一看就知道是名家手笔,画更是画得惟妙惟肖,活灵活现。

过了小楼面前是一个大喷水泉,喷着高高的水柱,然后像天女散花般地落下来,加上池中红绿灯光掩映,更是五光十色,非常奇丽。转过喷泉池,太阳湖一下呈现在眼前。

你看那湖上小船荡漾,波光粼粼,欢声笑语,此起彼伏;湖边树木林立,郁郁葱葱。那边是亭台水榭,古色古香,白玉长桥曲曲折折,点缀着太阳湖。

再向前走,一下子下起雨来,定睛一看,原来是一处瀑布,水花四溅,如下雨一般,瀑布前的一块石头上,写着四个苍劲的大字"太阳飞瀑"。叔叔和我们一起,在这里合影,把这美好景色永远留住了。

这时,迎面过来一队当地青少年,高举团旗来搞活动,他们大声歌唱太阳岛:

　　明媚的夏日里,天空多么晴朗,
　　美丽的太阳岛多么令人神往。
　　带着垂钓的鱼竿,带着露营的篷帐,

我们来到太阳岛上……

中午1点多钟,我们才依依不舍地离开了太阳岛,离开了那深深吸引我的,使我流连忘返的太阳岛。

下午2点多,叔叔和我们在松花江畔一家特色店,同喝大砂锅米粥,品尝了海鲜美味。

10月7日9点,叔叔打车到市区60公里外的呼兰区,带领我们参观了萧红博物馆和萧红老宅。萧红是20世纪30年代最有名的进步女作家,也是全国闻名的高产作家,和鲁迅观点一致,是鲁迅的得意门生,第一高徒,鲁迅临终前,萧红为先生熬汤煎药,侍奉左右,寸步不离。

中午便饭后,去拜了呼兰文庙,据说,高中毕业生考大学前多去祭拜,有点灵性。

打车到西岗公园,是呼兰最大的公园,第一去看了萧红之墓。第二去看了室内的亚洲第一仙人掌,1984年获世界吉尼斯纪录,至今已存活112年,一般4到5年一开花,结出的仙果似番茄,有时开花可长达半年之久,还专门为它造了一间高十余米,面积八百米的玻璃暖房,装有空调,冬暖夏凉,配有专人养护,争取长命千岁。

10月8日上午,我和洪儿、春春步行一站路,去参观了市中心的黑龙江博物馆,系统介绍了黑龙江本省的东西,展览内容一为历史,翔实清晰。二为文物,典型生动,对我们初到黑龙江的杭州人,增加了不少北方历史的新知识。

参观中,无意间得到一个意外收获,那就是"佳木斯市博物馆"的一篇报道:

《佳木斯市博物馆邀请黄任远教授进行赫哲族历史文化公开课讲座》
为了进一步传播赫哲族历史文化知识,繁荣学术研究工作,2016年8月31日上午,佳木斯市博物馆邀请著名赫哲族研究专家黄任远教授来到我馆进行《"伊玛堪"和萨满文化》专题讲座,让大家深刻体会了千古绝唱伊玛堪及萨满文化的魅力。讲座迎来了我市文广新局领导和员工、同江赫哲族文化研究人员,对赫哲文化充满兴趣的各界人士等。

　　黄任远先生是黑龙江省社会科学院少数民族文学研究室主任,研究员,现任伊玛堪研究中心研究员、院研究生院教授,主要研究方向为民族民间文学和民俗学研究。黄任远先生向博物馆捐赠了珍贵的赫哲文化著作手稿、书籍、画作等。

　　佳木斯市博物馆希望通过此次活动,让更多的人了解赫哲族这支古老神秘的民族,让赫哲文化得到传承和发扬。

(文/佳木斯市博物馆)

　　10月9日,是农历九月九,喜逢重阳节,又是登高节,上午叔叔打车陪我们上黑龙江电视发射塔,登高望远。乘快速电梯,先到181米,拍了照,再步行到190米,我和叔叔外出观光,再拍照,二人走到203米福字楼又拍照,为安全起见,我和叔叔往回走了。钱洪和春春年轻,一口气直上顶层220米咖啡厅,拍照留念再回头。203米是我一生来上过的最高度,哈尔滨呀哈尔滨,真是不虚此行,感谢我的好兄弟,感谢导游黄任远。

　　10月10日上午,在叔叔家恋恋话别,先后八天,谢谢叔叔接送,谢谢叔叔招待,谢谢叔叔"哈尔滨八日游"全程陪同,义务导游。临别中午,请我们尝东北最好吃的手工水饺,团圆水饺。特别是虾肉水饺,正宗海鲜,确实好吃,名不虚传。

　　坐上的士前,还送我们每人一代"哈尔滨特产"和几本"精神食粮",大家依依不舍,挥手告别。

　　一小时后,到达机场,原定下午四点起飞,由于空中管制,晚点三个小时。到晚上十点在杭州萧山国际机场安全着陆,顺利完成《哈尔滨之旅》,在我心中,永远感谢任远和乃琴。

2016 年于索菲亚教堂

2016 年于 120 米高的电视塔上

2016 年于防洪纪念塔前

2016 年参观阿城金上京历史博物馆

2016 年于太阳岛

2016 年于太阳岛

2016 年于呼兰西岗公园

2016 年于松花江边

2016 年于索菲亚教堂前

2016 年于太阳岛

2016 年于中央大街

2016 年于松花江边

2016 年于太阳山瀑布

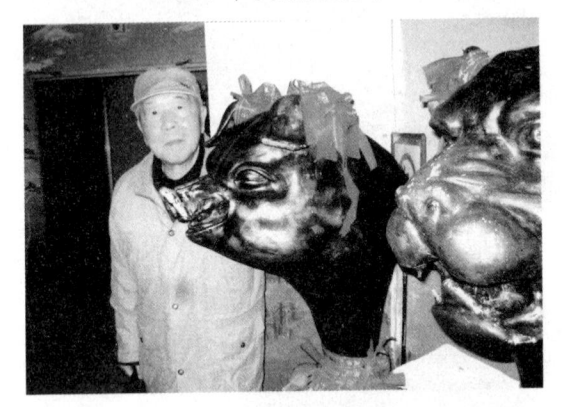

2016 年于重阳节登高

重阳节登高祈福

附录一

外婆讲的故事

外婆旧照,摄于1963年杭州(1889–1965)

小时候,在河边、在月下,听外婆讲了许多故事,现在回忆起来,记录如下:

小媳妇伶牙俐齿

从前,有那么两家邻居,一家叫九叔公,养了一条小金鱼;一家叫巧媳妇,养了一只金丝猫。

有一天,金丝猫把小金鱼偷吃了,猫被九叔公打断了腿。九叔公跑到巧媳妇家说:"我家的小金鱼是花三千吊钱买的,你家的猫偷吃鱼,你家得赔钱。"巧媳妇说:"我家的金丝猫,是花九千吊钱买的,如今被你打断了腿,就算赔你三千吊,你家还得还给我六千吊!"

九叔公说:"我去买副接骨药,用不了几天,猫的腿骨就会好的。"

巧媳妇说:"我家的金丝猫,是只仙猫,不是凡猫,需要三两清风、三两白云、三两甘露才能治好,这些药你能买到吗?"

九叔公说:"我家的小金鱼不用你赔钱了,你也不要这样逼我了。"

巧媳妇说:"有来有往,你不要三千吊了,我也不要你赔六千吊钱了。"

小女婿上门祝寿

从前,有个呆女婿,家里很穷。

有一天,他老丈人捎信来,说要过生日,让女儿女婿回家。媳妇怕丢脸,自己不去,给呆女婿做了套纸衣裤,抱了两只鹅和一筐鹅蛋,当寿礼给老丈人,上了船,两只鹅在篮里叫。

呆女婿把两只鹅放到河里,鹅就游远了。

呆女婿用鹅蛋扔它们,让鹅回来,可鹅不听。

呆女婿急了,跳下船去追,鹅没追上,纸衣服泡碎了。

到了老丈人家,他光着身子不敢走正门,找了个后门进去了。管门的佣人认识是呆女婿,让他先在一口枯井里躲一躲,答应给他拿衣裤去。

不一会,来了个小孩往枯井尿尿,呆女婿以为给他水,张嘴全喝了。

过了一会,佣人拿了衣裤,让他洗澡换衣。他接过肥皂,当成糕点,咬了一口,让佣人笑掉大牙。

见了老丈人,他说:"媳妇让我带来的寿礼自己跑了,只剩下我自己。"把老丈人气得直翻白眼……

小闵损替母求情

春秋时代,在孔子的72位弟子中间,闵损是最孝敬父母的。

他小的时候,母亲早早去世了。继母刚进家门时,对他还好,但后来连续生了两个弟弟,就不喜欢他了。

一年冬天,快过年的时候,闵损赶着马车去接父母回家。

半路上,刮起了西北风,下起了鹅毛大雪。闵损冻得浑身直打哆嗦,脸色发表,连马鞭子都拿不住了。

父亲问儿子:"你身上穿得挺厚的,怎么还冻得这样?"

小闵损冻得说不出话来。

父亲用手一摸儿子的棉衣,蓬松得很,破口子的地方露出了芦花,被风一刮,吹跑了。

父亲看了又心疼,又难过,脱下自己的大衣,披在儿子的身上,嘴里骂着:"你这个继母,心眼太坏,怎么能这样对待孩子!"

回到家,卸了马车,父亲一进屋,先看继母生的两个儿子身上的棉衣,一看都是用丝棉做的,十分暖和。

父亲十分生气,把闵损的棉衣扔到继母眼前,大声问:"大冷天的,你为什么给闵损穿芦花做的棉衣?有没有良心?我休了你!"

继母一时吓得跪下求饶,连连认错。

闵损上前替继母求情说:"父亲,原谅继母吧!继母在,只有我一个人受冻,如果继母走了,还有两个弟弟,不是都要受冻了吗?"

父亲听了儿子的话,留下了继母。

继母听了闵损的话,也十分感动,从此对他像亲生儿子一样,再也不虐待他了。

小纪昌苦练眼功

有一个叫纪昌的少年向当时著名的神箭手飞卫学习射箭本领。

飞卫对他说:"要学射箭,先要学会眼功,看目标时不眨眼睛。"

小纪昌躺到织布机下,瞪大眼睛看着那个来回飞跑的梭子。

练了二年以后,就是用锥子扎他的眼皮,他都不会眨一眨。

他跑去找飞卫,把自己的眼功告诉了先生。

飞卫又告诉他:"光有眼功还不行,还得苦练眼力:把很小的东西能看得很大。"

小纪昌用一根牛尾巴拴上一只虱子,把它作为目标练习,过了十天,虱子变得大多了。练了三年以后,在纪昌的眼里,虱子大得像车轮一样。再看其他的东西,都像山一样大。他做了一副弓箭射虱子,一箭就射透了虱子的心,但悬挂虱子的线并没有断。

小纪昌高兴地去告诉飞卫。

飞卫笑着对他说:

"学本事,必须由浅入深,舍得下苦功,才能学好。你能不怕吃苦,勤学苦练,这5年没有白练,射箭的诀窍你已掌握!"

小韩信忍辱负重

西汉的大将韩信,小的时候,家里很穷。后来父母双亡,他投奔到一个当亭长的亲戚家里。

亭长的妻子不喜欢他,一到吃饭的时候,就指桑骂槐,嘴里嘟囔个不停:"有本事自己挣钱吃饭,上别人家吃白食算什么英雄?"

小韩信一气之下,跑到城外河里钓鱼。钓到了鱼,卖几个钱充饥;钓不到鱼,就饿肚子。

有个老太太常常在河里洗纱,一洗就是一天。每到中午时,老太太从饭篮里盛饭吃。小韩信见她吃饭,两只眼睛老是瞧着她的饭碗。老太太看他可怜,把自己剩下的饭送给他说:"快拿去吃吧,看你饿的!"

小韩信顾不上害羞,大口地吃完了,对老太太说:"我长大了,一定重重地报答您!"

老太太生气地说:"我是可怜你,才给你饭吃,谁要你的报答!"

小韩信难为情地走开了。

有一天,小韩信挎着一把剑,在街上碰见了屠夫的儿子。

这屠夫的儿子欺侮他说:"你老带着剑,好像有两下子,我可知道你是个胆小鬼。你敢跟我拼一拼吗?你敢,就拿起剑来刺我,不敢,就从我的裤裆底下钻过去!"

说着,他撑开两条腿,在大街上来了个骑马蹲裆式。韩信心想:好汉不吃眼前亏。就趴下去,伏在地上,从那个屠夫儿子的裤裆底下爬了过去。

在场的人全乐了,都叫他"钻裤裆的",以为韩信胆怯。然后这些人没有想到,几年之后,这位敢受胯下之辱的少年,忍辱负重,发愤学习,精通武艺,被萧何推荐给刘邦,拜为大将,帮助刘邦打下了汉朝江山。

韩信当了大将后,特意去看望了当年给他饭吃的老太太,送了不少东西表示感谢。另外,他还特意去看望了当年让他胯下受辱的人。韩信不但没有责备他,反而酬谢他说:"没有当年的胯下之辱,就不会令我发愤努力,更哪会有我韩信的今天?我真的应该好好谢谢你!"

小张良认错拜师

有一天,少年张良出去散步,在一座大桥上遇见一位老爷爷。

老爷爷见张良过来,对他说:"小伙子,下去把我的鞋捡上来。"

张良见老爷爷连眉毛胡子全都白了,所以就答应了一声,下桥去给他拣回了鞋。

老爷爷把脚一伸,说:"给我穿上。"

张良觉得又好气,又好笑,强压心中的火气,给老爷爷穿上了鞋。

老爷爷跺跺脚,哈哈笑着走了。张良很奇怪,站在桥上没有动。老爷爷走了一截路,又回过头来说:"你这小子有出息,我乐意教导教导你。"

张良是个聪明人,知道老人有学问,就赶紧跪下,向他拜了几拜,说:"我这儿拜师了。"

那老人说:"好!过5天,天一亮,你到桥上再来见我。"

张良连忙答应说:"是!"

第5天,张良一大早起来,赶到桥上。谁知道老人早就到了,对他生气地说:"小伙子,你跟老年人约会,就该早点儿来,怎么还要叫我等你,像什么话?"

张良赶忙向老人认错。

那老人说:"去吧,再过5天,早点儿来。"

又过了5天,张良一听见鸡叫,脸也不洗,就跑到大桥。可是他又来晚了,老人早来了。

老人瞪了张良一眼,说:"又迟到了,过5天再来吧!"

张良好不容易熬过4天。第4天晚上,不到半夜,张良就摸黑来到桥头等着。

过了不大一会儿,老人来了。

老人见了张良,高兴地说:"这样才对!"

说着,他从怀里掏出一部书交给张良,说:"你把这书好好地读,将来能够做一个有学问的人。"

张良接过书,问:"请问老师尊姓大名。"

老人笑了笑说:"我叫黄石公。"

说完,老人就走了。

等到天亮,张良拿出书一看,原来是一部早已失传的《太公兵法》。

张良日夜攻读,把兵法学到了手,帮助刘邦推翻秦朝统治,击败楚霸王项羽,成为汉朝的开国功臣。

小匡衡凿壁偷光

西汉时,在山东苍山兰陵镇,有一个少年叫匡衡。

他的家很苦,没有钱买灯油和蜡烛,一到晚上,屋里一片漆黑。

匡衡想读书,但没有灯,怎么办呢?

他家的邻居是一个大户,每晚灯火通明,但是因为有墙隔着,光照不过来。

匡衡在自己家的墙缝凿了一个小孔,邻居家的灯光从墙孔里照了过来。他就靠着这偷来的一小片光看书,直到深夜。

离他家不远还有一户人家,主人并不识字,但家里有不少藏书。

小匡衡主动来到这家,向主人请求说:"请留下我给你家干活吧,我一个工钱也不要。"

"你为什么不要工钱?"

匡衡回答:"只要能让我读你家的藏书,我就满足了,这就算是我干活的报酬吧!"

主人十分感叹说:"好哇,真是有志不在年高哇!你这么喜欢读书,长大了一定会有出息的!"

主人留下了他,并把书借给他读。他得到了书,就像没有吃饭的人得到美食一样,津津有味地读了一本又一本。

后来,匡衡真的成了一位很学问的人。"凿壁偷光"、"帮工读书"的故事就一直流传下来。

小蔡琰六岁辨琴

东汉时候,文学家蔡邕,有个女儿叫蔡琰,又叫文姬,当时才6岁,就读了很多书,还会画会唱,喜欢弹琴。

有一天,她在琴房里弹拨琴弦,被父亲撞见了。

父亲说:"你还小,等长大了再教你弹琴。"

她说:"我要学琴!请爸爸弹一曲给我听听,好吗?"

父亲弹起了七弦琴,琴声悠扬动听,小蔡琰听入了迷。

突然,琴弦断了一根。

她听出来了,马上说:"爸爸,第二根弦断了!"

父亲故意又弄断了一根弦。

她立即又说:"爸爸,第四根弦断了。"

父亲说:"你是胡蒙的吧?"

小蔡琰回答说:"吴国的季礼通过观赏乐歌,能知道国势的盛衰;晋国的师旷能通过比较北风和南风的曲调,体察出南北方的强弱。我为什么就不能知道断的是哪一根琴弦呢?!"

父亲得知女儿小小年纪已懂得辨别琴音十分高兴,答应教她弹琴了。

在父亲辅导下,蔡琰很快学会了琴艺,熟记了琴曲。后来,她创作的琴曲《胡笳十八拍》流传至今,成为千古绝唱。

小孔融四岁让梨

孔融刚4岁的时候,就懂得互敬互爱,谦和忍让的道理。

有一天,邻居家送来一筐梨。孔融的几个哥哥都挑大的吃,他却挑了一个小的吃。

父亲(泰山都尉孔宙)看见了,问他:"筐里这么多大的梨你不拿,为什么只拿一个小的呢?"

孔融回答:"我是弟弟,应该吃小的,大的让给哥哥吃。"

父亲又问:"你也有弟弟,他们不是比你还小吗?"

孔融不慌不忙地回答:"我比弟弟大;是哥哥,就更应该把大的留给弟弟了!"

父亲听了他的一席话,十分满意说:"你真是兄弟们学习的榜样!"

小曹冲六岁秤象

东吴的孙权为了讨好曹操,特意派人给他送来了一头南方的庞然大物——大象。

曹操笑眯眯地看了一会儿,忽然问左右:"你们谁能说出这头大象的重量?"

在场的文武百官,你看看我,我看看你,谁也答不上。大家心想,哪里去找这么大的秤,来秤大象呢?

曹操笑了笑,又问:"谁有办法秤出大象的重量啊?"

还是没有人回答。

突然,从人群中钻出来一个小孩,稚声稚气地说:"爸爸,我有个办法!"

曹操一看,是自己6岁的儿子曹冲,便问他:"你有什么办法称大象?"

曹冲大声地说:"先把大象赶到一条大船上,看大船的吃水线到哪里,在船舷上做个记号,然后把大象牵上岸,再往船上装石头。等吃水深度到了原来做的记号,再把石头一筐一筐地过秤。

最后把每筐石头的重量加起来就是大象的重量了。"

曹操听了,哈大笑,说:"好办法,好办法!"

曹操命人照着儿子说的办法做,果把大象的体重秤了出来。

从此,曹冲称象的故事就传开了。

小曹植七步成诗

曹丕当了皇帝后,嫉妒曹植的才能,想法子加害曹植。

一天,曹丕对曹植说:"听说你的诗写得很快。今天,我限定你在七步之内作诗一首,作不出来,就推出宫门斩首。"

曹植听后,悲愤地一步一步往前走,随口吟诵道:"煮豆燃豆萁,豆在釜中泣,本是同根生,相煎何太急?"

曹丕听了弟弟吟的这首《七步诗》,心中有愧,打消了杀曹植的念头。

曹植这首《七步诗》一直留传至今。

小木兰代父出征

晋代有个小姑娘,叫花木兰。她自幼随父亲习武,练就了一身好本领。

一天,她正在屋里织布,门外来人送军书,要她父亲当兵去打仗。

她的父亲花老汉,已经50多岁,接到军书,发了愁,心想:自己这把年纪,怎么去打仗?

木兰没有兄长,她见父亲整日愁眉苦脸的样子,上前安慰说:"爸爸,您不用发愁,我替您老去打仗吧!"

父亲说:"你一个女孩子家,怎么能上前线?"

木兰回答:"我有办法。"

她走进屋里,脱去女装,换上父亲的衣服,把头发束起,戴上帽子,霎时变成了一个英俊少年。

当地走出屋,父亲都认不出她是谁了。

几天后,木兰告别了家乡父老,跟随军队北上了。

在战场上,她机智勇敢,连立战功,受到了可汗的赞赏。

战争结束后,可汗问她:"你想要什么奖赏?"

木兰回答说:"我什么也不要,只希望可汗借我一匹千里马,送我返回故乡。"

可汗答应了她的要求,让她和几个同乡一起返回家乡,与亲人团聚。

到了家,她脱下战袍,换上了女装,对着镜子,打扮一番,走出门去。

当战友们看到穿女装的木兰时,十分惊讶,说:"做梦也没有想到,和我们一起生活了多年的英俊少年,竟然是个女孩!"

小甘罗十二拜相

甘罗 12 岁那年,有一天,他的外公下朝回家,闷闷不乐。

甘罗上前问外公:"外公,您为什么不高兴啊?"

外公说:"今天上朝,秦王问大伙,宝葫芦里有几粒籽,满朝文武,谁也答不上。"

甘罗说:"这个问题好答,就一粒籽。"

第二天,外公上朝见秦王,照着甘罗的话说了,秦王重奖了外公。

又一天,秦王对甘罗的外公说:"你去给我找一只会生蛋的公鸡。"

外公回到家,就愁得病倒了。

甘罗知道后,第二天上朝替外公回话。

秦王问:"你来干什么?你外公呢?"

甘罗答:"我外公在家生孩子呢,我来替外公告假。"

秦王生气说:"你简直胡说,男人怎么会生孩子?"

甘罗不慌不忙地说:"大王知道男人不能生孩子,为什么还要让外公去找下蛋的公鸡呢?"

秦王惊叹道:"想不到你小小年纪,有宰相的才能!"

甘罗立即叩头说:"谢谢大王!"

甘罗又问:"你封我当宰相,难道我不该谢恩吗?"

秦王说:"我是随便说说的。"

甘罗说:"君无戏言!"

就这样,甘罗12岁当上了宰相。

两少年悬梁刺股

战国时代,有两个少年,一个叫苏秦,一个叫张仪。他俩抱负远大,跋山涉水寻访名师。不久,他们一起拜鬼谷子先生当老师,跟着他博览群书,勤奋苦读,学习治理国家的本领。

苏秦读书很用功,常常读到深夜。有时读得头昏脑涨,眼睛怎么也睁不开。他想了个办法,用一根绳子,把头发绑住拴在房梁上,继续读书。

有时困急了,头悬梁也没用了。张仪想了个办法,用锥子刺自己的大腿,锥子一刺,腿一疼,又振作精神继续读书了。

后人把苏秦和张仪头悬梁、锥刺股的精神当成了勤学的榜样。

苏秦和张仪这样刻苦读书,持之以恒,后来成为战国时期的杰出政治家。

苏秦先后说服了赵、燕、韩、魏、齐、楚六国。在公元前333年,六国诸侯在赵国的洹水开会,正式订立了合纵的盟约。苏秦被推选为"纵约长",挂六国相印,专门管联盟的事。

张仪后来当了秦国的客卿。他用三寸不烂之舌到楚、齐、赵、燕等国,说服各国诸侯,帮助秦国统一了天下。

小车胤囊萤读书

晋朝的时候,有个叫车胤的穷孩子,读书十分刻苦。

他家很穷,连晚上用来照亮的灯油都没钱买。

没有油,不能点油灯,没法读书。但是困难没有难倒小车胤,他想出了一个好办法。

夏天的晚上,他跑到野外,捉了几十只萤火虫,装进白纱布缝制的口袋里,挂在案头上,用来当油灯,照明读书。

"囊萤照书"的故事从古一直流传了下来,成了典故。杜甫《题郑十八丈著作故居》中"穷巷悄然车马绝,案头干死读书萤"就用了这个典故。车胤这种刻苦学习、不怕困难的精神,值得我们每个小朋友学习。

小王祥伏冰取鱼

晋代时,有这么一则传说:有个少年叫王祥,山东人,是个远近闻名的孝子。有一年,他的母亲因病去世,父亲又娶了个继母。继母开始对他还好,后来有了自己生的孩子,就开始看不上他,有好吃好穿的给亲生的孩子,脏活累活叫他去干。

在他父亲面前,继母老说他坏话:"这孩子好吃懒做,光顾读书,家里什么活也不干。"

父亲听信谗言,对他也不像从前了。

有一次,父亲和继母都病在床上,一家的重活都落在了小王祥的肩上。他忙得整日连衣服都不脱,觉都不睡,精心伺候父亲和继母,烧水熬药,忙里忙外。

别人不明白他为什么这样做,问他:"继母对你不好,你为什么还对她这么孝敬呢?"

小王祥回答说:"一日为母,恩深似海。继母虽然偏爱自己的亲生儿子,不喜欢我,但我作为她的儿子,怎么可以忘掉道义呢?"

不知怎么,这话传到继母耳朵里。继母深受感动,对他父亲说:"王祥是个孝子,我以前亏待了他!"

有一天,王祥见继母吃不下东西,关心地问:"娘,您想吃什么,我给您做!"

继母不好意思地说:"胃口不好,什么也吃不下,只想吃几口鲜鱼汤。可这天寒地冻的,上哪里去买鲜鱼?"

小王祥说:"我去河里抓鱼,给您烧鱼汤!"

小王祥来到结冰的河上,脱掉衣服,用滚热的胸膛,伏在冰上,融化了冰面,掏了个冰洞。不一会儿,他在冰洞里钓了两条活鱼,拎回了家。

当继母吃到小王祥给她做的鲜鱼汤,激动得流下了眼泪。

邻居们都伸出了大拇指称赞小王祥:"真是个少有的孝子!"

小羲之帮人卖扇

王羲之在少年时,书法就相当出名。

有一年夏天,小羲之在路上见到一位老大娘,蹲在路旁卖扇,嗓子都喊哑了,也不见有人去买。

小羲之很同情老人,走了过去说:"老大娘,我来帮您卖扇。"

说着,他拿出笔在每把竹扇上都写了几个字。

老大娘不明白是怎么回事,脸上露出不高兴的神态。

小羲之对她说:"您就说这扇上的字是王羲之写的,100钱一把。"

老大娘照着他的话喊,过路的行人抢着买扇,不一会儿就把一捆竹扇卖光了。

小献之依缸习字

王献之是东晋时有名的书法家,与父亲王羲之齐名。父子二人并称"二王"。

他小时候跟父亲学写字,学得可认真了,每一横、每一竖、每一点,都要练上几百遍几千遍。

有一次,王献之正在专心练字,他父亲悄悄走到他的背后,突然伸手用力去拔儿子手中的毛笔。献之握笔很紧,毛笔竟没让父亲拔去。

献之回头问:"爸爸,您拔我毛笔干什么?"

父亲说:"试试你的腕力,嗯,不错!"

献之又问:"爸爸,练字到底有没有诀窍?"

父亲笑着说:"有,你跟我到院子里来。"

父子俩到了后院,父亲指着18口大水缸说:"练字的诀窍就在这18口缸的水里。从明天起,你用缸里的水磨墨写字,等你把18口缸里的水用完了,诀窍就掌握了。"

献之回答说:"父亲说的诀窍就是下苦功夫练。"

从此。他天天在水缸旁边练字,整整练了好多年,把18口缸的水用完了,书法也终于练成了。

小李白铁杵磨针

唐朝大诗人李白,少年时在四川眉州象耳山下读书。

有一天,他扔下书本,跑到山脚下玩儿。在一条清澄碧绿的溪水边,他看见一位白发苍苍的老奶奶,正在一块石头上磨着一根铁杵。

小李白上前问她:"老奶奶,您做什么呀?"

那位老奶奶回答:"想把它磨成一根针。"

小李白很惊奇,瞪圆了眼睛问:"这么粗的铁杵,要到什么时候才能磨成针哪?"

老奶奶低着头边磨边说:"只要功夫深,铁杵磨成针。"

小李白听了老奶奶的话,觉得很有道理。他向老奶奶告别,回到家里,认真读起书来。后来,他终于学有所成。

他来到京城长安,去拜访当时的诗人贺知章,送上了自己的作品《蜀道难》。

这首诗,以生花妙笔,用神话传说,烘托了蜀道的奇险。贺知章读后,赞叹道:"这诗真是奇诗,写诗的人真是神仙下凡!"

小司马光砸缸救人

小时候,司马光很喜欢和邻居小朋友在一起玩。

他7岁那年,有一天,他和小朋友在花园里玩"捉迷藏"游戏。有个小朋友想让别人找不着他,跳进了一只大缸里。那大缸里装满了水,小朋友吓得拼命大叫:"救命!快救我!"

其余的小朋友,有的吓哭了。有的说:"大家一起往外淘水!"

水缸太高,小朋友们够不着。这时,那缸里的小朋友挣扎声越来越小,快不行了。这时,少年司马光急中生智,搬起一块大石头,使劲向水缸砸去。只听"咔嚓"一声,大水缸砸出了一个大洞,缸里的水"哗哗"地流了出来。缸里的小朋友得救了,大家都夸奖司马光:"你真聪明!"

从此,"司马光砸缸"的故事传开了。

小彦博灌水取球

这是北宋名相文彦博小时候的故事。

有一天,文彦博放学后,和小朋友在门前空场地上玩球。他们用脚踢,用头顶,玩得开开心啦。

正在踢得起劲的时候,不知哪个小朋友飞起一脚,把球踢进一个大树洞里去了。

树洞又黑又深,有个小朋友伸手到树洞里摸,没有摸到。

另一个小朋友扛来一根长竹竿,到树洞里摸球,可是树洞曲曲弯弯,竹竿伸不进去,摸不着球。

还有个小朋友,请来了爸爸妈妈,也想不出好办法。

这时,文彦博说:"我有办法了,快回去拿桶拎水!"

小朋友们马上回家拎来一桶桶水。

文彦博和小朋友把水灌到树洞里。不一会儿,树洞里灌满了水,球儿自己从洞里浮了出来。

小朋友们拿到球,又开心地玩了起来。

苏小妹反唇相讥

苏轼有一个小妹妹,十分聪慧善辩,而且会写诗作文。

有一次,苏轼跟妹妹开玩笑说:"未出庭前三五步,额头先到画堂前。"

意思是嘲笑妹妹的额头又宽又凸。

妹妹一点也不饶人,立即反唇相讥说:"口角几回无觅处,忽闻毛里有声传。"

意思是讽刺哥哥的胡须又长又多,挡住了嘴巴,说话只听见声音,见不到嘴动。

苏轼又说:"几回拭脸深难到,留却汪汪两道泉。"

这是讽刺小妹双眼微抠。

小妹一点不让,又回敬道:"去年一点相思泪,今日方流到腮边。"

这是嘲笑哥哥的下颌太长。

苏轼和小妹互相开玩笑的诗,被当时人传为笑谈,都夸苏小妹的聪明能辩,不亚于她哥哥。

小于谦宁为玉碎

于谦小时候,住的地方靠近吴山。山上有很多工人在开采石头烧石灰,以此为生。

小于谦见到烧石灰的工人十分辛苦,每天起早贪黑地干活,吃得很差,穿得很破,对此心里很有感触。

17岁那年,他回忆起石灰工人的生活,提笔写下了这首《咏石灰》:"千锤万击出深山,烈火焚烧若等闲。粉身碎骨全不怕,要留清白在人间。"

诗的前两句写石灰的开采和煅烧,后两句写石灰的节操和志向。

这首诗借石灰的"清白",表现了小诗人"宁为玉碎,不为瓦全"的操守和"生为民族,死为国家"的壮志豪情。

小岳飞立志报国

岳飞是我国历史上的民族英雄,南宋的爱国将领。

他出生在相州汤阴(今河南阴县)的一户穷人家中。他的父母给他起名岳飞,字鹏举,意思是希望自己的儿子像大鹏鸟一样展翅高飞,鹏程万里。

他10岁时,拜同乡老前辈周侗为老师,学习武艺。周侗问他:"学武艺怕不怕吃苦?"

小岳飞斩钉截铁地回答:"不怕苦!"

周侗又问:"你学武艺为了什么?"

小岳飞大声说:"收复国土,保卫国家!"

周侗听了他的话,十分赞赏,收下了这个胸怀大志的小徒弟。

冬天,北风刺骨,大雪纷飞。他的小兄弟们一个个怕冷,不肯早起练功,只有他起得最早,迎风斗雪,挥剑起舞。

周侗师傅看见小岳飞独自早起练功,心中十分欣慰,决定把自己的祖传剑法传授给他。

小岳飞练完了一路剑法,停下来抬手擦汗,才发现师傅站在身后。

小岳飞向师傅鞠躬问好:"师傅您早!"

周侗师傅接过他手中的剑说:"我来教你一套剑法绝招,叫巧女纫针。"

说完,舞起剑来。

小岳飞在一旁默记下剑法套路,等师傅练完,他就模仿师傅的动作练了起来,一点不差。

这时候,他的几个小兄弟也都来到练武场。

周侗师傅对他们说:"你们应该向岳飞学习,每天早起早练。"

几个小兄弟众口同声说:"是,师傅!"

从此,几个小兄弟跟着小岳飞努力练功了。岳飞在师傅的精心教导下,还练出了拉动300斤硬弓和左右开弓的本事。

岳飞离家参军时,母亲在他的后背上,一针一针刺上了四个大字:"精忠报国",让岳飞时刻不忘报效国家。

岳飞牢记师傅和母亲的教导,在前线英勇杀敌,保家卫国,一往无前,屡战告捷,成为一名著名的抗金将领,实现了幼时报国的壮志。

附录二

弟弟的回忆录

1969 年 3 月下乡前于杭州留影

岁 月 散 记

黄任远

绍兴出生

我的出生地绍兴,地处浙东宁绍平原中心,是中国历史文化名城之一。在远古时代,绍兴是越(于越)部族聚居地,据历史文献记载,周成王二十四年有"于越来宾"。绍兴现有历史文化遗存3600多处,入藏文物35000余件,文物保护单位187个。绍兴历史上著名人物有"卧薪尝胆,雪耻复国"的越王勾践,"王师北定中原日,家祭勿忘告乃翁"的诗人陆游,"横眉冷对千夫指,俯首甘为孺子牛"的鲁迅……

绍兴一名始于南宋初年,当时高宗赵构南逃,曾在绍兴暂驻,乃用"绍祚中心"之义,起名绍兴。绍兴古人赞叹"东南山水越为首,天下风光数会稽"。其风光一处有一处的独特,一处有一处的情趣,主要有南宋名园沈园、鉴湖、书法胜地兰亭、禹陵、东湖等。市内外小桥流水众多,一派水乡风光。"山阴道上行,如在镜中游"是对绍兴山清水秀的真实写照。

绍兴鉴湖,又称镜湖,是东汉永和五年(公元140年)修建。其水面宽阔,水势浩渺,舟行湖上,远处青山叠翠,近处碧波映照。千百年来,著名诗人李白、杜甫、袁宏道等曾到此,书写了脍炙人口的诗篇。湖上有跨湖桥、湖畔有马臻(会稽郡守)墓,快阁(陆游饮酒地)等名胜古迹。

我出生在1947年春天江南绍兴鉴湖之畔的东郭门头。当时正处于新中国成立前夕,长江以南还是国民党统治,十分黑暗,老百姓的日子十分难熬,可是我的降生,给穷苦的老黄家带来了一些光明和喜庆。

父亲给我起名叫"顺运",小名叫"阿运"字"鑑清"。他的意思是盼我长大后能事事顺利、处处运气,做人鑑湖水一样清澈透明。"任远"这个名是我20岁以后写文章发表时用的,出自于孔子的"士不可不弘毅,任重而道远。"1969年3月第一次用"黄任远"这个署名在杭州日报发表了一首《怀揣宝书去边疆》,我就告别了父母,离开了杭州,来到了北国边疆同江县农村插队落户,后来从事抢救和研究少数民族文化遗产,用这个名字发表了许多著作和论文。黑龙江省书法家商承霖送个我一幅字,"任重顺事意,远志运亨通",阐释了我的两个名字的含义,和我的经历相吻合。

我在家中排行老四,上有一个哥哥、二个姐姐,都没念几年书,就都去父亲所在的杭州六一厂当工人,只有我和妹妹一直在学校读到高中毕业。

我没有见过爷爷,听奶奶说,爷爷的上辈是嵊县人,书香门第,世代为官,在福建、浙江有过名声,到了爷爷这一代,日子就不如从前了。爷爷叫黄元贞,兄弟四人,排行老三。爷爷年轻时,当南货店的账户,到南方跑过生意,一家人还不愁吃不愁穿。自从爷爷病故后,一家人生活就艰难了,常上当铺当东西过日。

奶奶一生辛劳,抚育五个子女,我父亲(黄桂生)是奶奶最小的儿子,排行老五。因为家境败落,父亲几岁就去上海当学徒了。他成家以后,一直在杭州六一针织厂做工,到65岁才退休,1990年10月去世,

母亲旧照(黄任远摄于1968年夏)

享年79岁。父亲是属牛的,他的秉性也像牛一样,吃的是草,挤出的是牛奶,一生中都为他的工厂,他的家庭劳累着。

在我的记忆中,父亲很少回家。1950年代初,家在绍兴时,父亲总是忙到快过年了才回家。父亲一到家,家就热闹了。他领着我们烧香祭祖、贴春联、糊灯笼、做年糕、办年货、分压岁钱……后来家搬到杭州城里后,租了二间平房,屋小人多,老少三代,父亲只好常年住在厂里宿舍,每个星期天回家

看看,帮着母亲做点家务,扛回一袋大米或一筐煤球。

当时父亲一人上班,挣钱不多,却要养活一家八口,外婆、父母、五个子女。生活的重压,父亲越来越沉默寡语。为了改善生活,他先后送大哥、大姐和二姐进了六一针织厂当了工人。

父亲喜欢喝绍兴老酒。星期天回家吃饭前,总让我去酒店跑一趟,给他打一角钱一斤的绍兴元红,五分钱的花生米下酒。吃饭时,母亲把只有星期天才做的一小碗红烧肉,挟几块给父亲下酒,可父亲只吃他的花生米,把红烧肉都给我和妹妹吃了。当时小小年纪的我不明白,父亲为什么不吃肉呢?

父亲唯一的业余爱好是拉二胡,边拉边唱,很有几分戏的味道。遇到厂里开联欢会,演出文艺节目,总少不了父亲在台下伴奏。记得小时候跟父亲一起看厂里文艺演出,别提有多高兴了。父亲参加演出那天也特别高兴,特别投入,那满是皱纹的额头舒展了,露出了难得的笑脸,深深地刻印在我儿时的脑海中。

父亲有位大姐,也就是我的大姑,叫黄雪英。大姑一辈子在家操持家务,相夫教子。她生育有二女三子,后来都当了医生、工程师、导演等工作,很有出息。她一生节俭,粗衣淡饭,饭桌上离不开绍兴霉干菜和腐乳。

大姑父叫胡海秋,20世

大姑和姑父旧照

纪20年代是一位进步青年,曾留学法国,曾和中国的老一辈领袖人物朱德、周恩来、邓小平等革命家是同学。他学成回国,先在上海复旦大学任教,后来继承父业,担任了杭州六一针织厂厂长。公私合营后,他把厂子交给了国家,担任了杭州市副市长。不幸的是1957年,因为说实话,提意见,被打成大右派,下放回六一针织厂劳动改造,整日扫厂房的大院,有时闲居在家,翻译一些法文著作,自得其乐。

粉碎"四人帮"之后,他被重新任用,到省工商联、省政协部门任职,一直工作到83岁病故。我在图书馆翻阅全国政协文史资料,曾看到几篇姑父写的回忆文章。我回杭州探亲期间,曾当面对姑父说:"你的经历那么多,可以写部回忆录。"他平静地说:"老了,有些事记不清了,历史自有公论……"他的表情是那样平静坦然,毫无遮掩。

小时候,我常跟着父亲去探望住在大姑家的奶奶。

每次,奶奶见了我,都要摸摸我的头,摸摸我的脸,夸我又长高了,懂事了,接着就问我:"你饿不饿?"

奶奶边问边用颤悠悠的手,打开父亲给奶奶吃的糕点包,拿出几块塞到我的小手里。父亲在一旁用眼睛瞪我,示意不让我要。这时,奶奶生气了,对父亲说:"给我的孙子拿些吃的还管啥?"父亲这时哑口无言,我就大着胆子,大口地吃起糕点。奶奶看着我这副饿相,咧开嘴笑了,和蔼地对我说:"慢慢吃,别噎着!"

有时候,星期天父亲在单位加班,没有空,就我自己拎着糕点去看望奶奶。这是我最乐意的事,因为没有父亲在身边,我可以无拘无束,无忧无虑地在奶奶面前耍闹,可以大口大口地吃奶奶给我拿的点心了。

记得有一次,我对奶奶说:"奶奶,等我长大了,挣了钱给您买很多很多好吃的!"奶奶听着我的话,眠着嘴笑了。

后来,奶奶病故了。我很伤心,因为奶奶没等我长大,没能吃到她的孙儿为她买的东西。但我可以自豪地告诉奶奶在天之灵,奶奶的对我的爱,永存心间,我会把一生所有的爱,带给我周围更多的亲朋好友和更多需要关爱的人。

杜家台门

20世纪80年代,我回杭州探亲时,大姐曾陪同我回绍兴故居,看望了我的出生地东郭门头苍桥一所老式民居和外婆的祖屋杜家台门。

杜家台门是我外婆出生的老宅,历经几百年沧桑,屹立在绍兴城内,门口挂着市级文物保护建筑的牌子。

这是一座历史悠久的官宦人家的深宅大院。门前是一条河,河上划着乌篷船,门旁有两只大石狮子,门楼上挂上一个匾,上面刻有"杜家台门"四个刚劲有力的大字。

进入大门,有六进深,每一进都有正房和厢房,最后面是一座小花园,有假山奇石,有亭台楼阁,有绿树红花。碰巧,在老宅里还见到一位80多岁的老太太,攀谈起来,老人家竟然还记得外婆和母亲的名字,还指着后花园二楼说是外婆年轻时住过的绣楼。

听外婆讲过,外婆的爷爷曾做过绍兴衙门的官,是当地的名门望族。外婆叫杜玉姑,出生在这所庭院深深的老宅。小时候缠过足,读过私塾,识得不少字。外婆还跟我讲过,在私塾读书时,有个闺中女友,同窗同桌,就是有名的绍兴女侠秋瑾,曾经写进"秋风秋雨愁煞人"的革命女诗人。

外婆年轻时守寡,生有两女。大姨上过学,因恋人投身革命被反动派杀害,患上精神病,老是面壁,自言自语,生活不能自理,一直靠外婆照顾,直到病逝。

母亲是外婆的小女儿,大姨还在时,外婆每年从绍兴坐船到杭州来看望我们一、二次,带来一包绍兴土特产,住上一夜,就急匆匆地赶回绍兴家。大姨去世后,外婆把住宅借给了远房的堂舅,自己搬来我家,已是快70岁有点驼背的老人了。她大门不出,二门不进,和我一直住在一间小厢房里,除了三餐青菜米饭之后,就是阅读古书打发时光。

每当我放学回家,是外婆最开心的时候,因为有了跟她说话的人。几乎每晚睡觉前,外婆都要给我讲故事,内容有偷吃长生不老药的月中嫦娥,有热心让莺莺和张生相会的红娘,有锁在雷峰塔里的白娘子,有双双化蝶的梁山伯与祝英台……这些传奇故事使我的童年生活十分丰富多彩。

外婆到我家住了有七八年,在我读中学时病逝的。那天我放学回来,见到再也不能讲话的外婆,伤心地哭了半宿。

母亲叫王雅珍,和父亲同岁,都属牛。母亲的一生,含辛茹苦地把五个子女都抚养成人,而她自己不要回报,几乎没有享一天福,就因心脏病离开了人世。

听母亲说过,她得心脏病的原因是:日本人占领绍兴的时候,有一年母亲从乡下返回城里,在城门口排队等候进城检查,快到城门口时,突然一个日本兵挥刀砍下了一个妇女的人头,滚到了母亲的脚边,吓得母亲几乎昏了过去,后来也不知道是怎么走回家的,从那次惊吓之后,母亲就落下了心脏病,时好时坏,吃了药管一阵,不知什么时候又犯了,到 50 岁以后就越来越重,后来就卧床不起了。

我是母亲的小儿子,最受母亲的疼爱。20 世纪 50 年代,家里靠父亲一个月四十多元的工资养家糊口,生活很艰难,可是母亲总是在星期天的中午饭桌上,变戏法似的做出一碗香喷喷的红烧肉,给我们孩子改善生活。吃饭时,母亲把碗里肉夹给父亲,外婆和子女,剩下一块应该是母亲的,可她没有吃,留了起来。到第二天我上学时,中午吃母亲给我带的盒饭,在饭底下发现埋着一块红烧肉,我顿时明白:这是母亲昨天没舍得吃,特意留给我的呀!可她自己,青菜下饭,一块红腐乳能省着吃上好几天。

1990 年和大姐在杜家台门口

我小时候,特别爱看小人书(连环画)。小人书很贵,买不起,只好到小人书摊去坐着看,一分钱看一本。这看书的钱,有的是从早餐三分钱一个烧饼的钱,没吃烧饼剩下的,也有的是母亲偷偷给的。母亲每月领到在街道工厂糊火柴盒挣的几元钱,拿出一角二角塞在我的口袋里,这时候,我别提有多高兴了,简直成了一个富翁。

1970 年秋,村支书黄兰藻去杭州参加下乡青年事迹报告会,回村时,给我捎来一包杭州小吃,还有一只崭新的上海手表,告诉我:"在杭州,你哥把我接到你家去了,这是你母亲托我捎来的。"我下乡到三村一队,这头一年劳动到年底结账,只挣 110 元,扣除第二年口粮款,分到手的现金只有 56 元。我把 50 元钱寄给了患病的母亲,希望她老人家能买点东西补补身子,可想不到母亲舍不得花,反而又添 50 元,为我买了这块半钢防震上海手表。我心头一热,眼泪夺眶而出。

母亲离我而去已有 38 年了,走南闯北,一些旧东西早就扔没了,唯有这块母亲给我的手表还一直放在箱子里,偶尔看上一眼,常常引起我对母亲的深深的怀念。

外婆去世已半个世纪了,但她唱的童谣还常常在脑海里出现,在我耳边响起:

摇呀摇,摇到外婆桥,
外婆请我吃年糕,
糖醮醮,多吃块,
盐醮醮,少吃块,
酱油醮醮没吃头……

外婆的音容笑貌,还常常出现在我的眼前,她给我讲的故事,还一直响在我的耳边,直到现在。有时小孙女缠着我讲故事,我就会把外婆讲的故事讲给她听,小孙女听完一个,还要讲,我就又讲一个,同时告诉小孙女黄月,这些故事都是爷爷的外婆讲给爷爷听的。小孙女睁大了眼睛,惊叹说:"爷爷的外婆真了不起,能讲那么多好听的故事!"

童年记忆

自己的童年是在绍兴度过的,现在回忆起来已经有些朦胧,记忆已经不十分清晰了。只记得我家住在东郭门的苍桥,我家屋前有条清亮亮的小河。

河里有鱼、有虾。哥哥常领我在河边玩,有时还给我下河捞虾捉鱼。他卷起裤腿,站在河边用一个小网兜捞,不大一会,就能捞上一碗小鱼小虾。到了吃饭时,饭桌上多出一碗红焖鱼虾。母亲也有了笑脸,一家人吃得很开心。

记得五岁那年,母亲送我进了绍兴国立小学附属幼儿班,二姐当时在念小学二年级。

我家住的房子,正好在解放军驻地的后院,每天进进出出,都会看见解放军叔叔在站岗。

站岗的叔叔总向我和蔼地问好,我也有礼貌地回答:"解放军叔叔好!"

时间一长,我和这一个班的战士都认识了。他们休息天,也带我进他们的房间玩儿,给我拿糖吃,问我:"长大了干什么?"我回答:"长大了,我也当解放军!"老班长笑笑说:"好好学习,长大了干的事多了。"

我最喜欢听老班长拉二胡。那琴声如同

1951年于绍兴

钱塘江的潮水,滚滚而来,那波涛翻滚声、呼啸声,以及弄潮儿的呐喊声,都影约在其中作响。

老班长一边拉二胡,一边嘴角在轻轻地抖动。我看得出,他是在轻轻地唱,他在歌唱那些在渡江战役中牺牲的战友,他在歌唱他们班冲向敌人的战壕,把红旗插上了山头……

有一天,部队要调防了,老班长拉着我的手,走进他的宿舍。他把二胡送给我说:"小朋友,我们要走了,这把二胡送给你做个纪念吧!"

我抱着二胡高兴地回家了。从那以后,我再也没有见过这位老班长。祖国已经到了70华诞,我童年时认识的老班长,现在也有90岁了吧?他现在在哪里呢?是继续在部队工作?还是战斗在社会主义建设岗位?我怀念这位可敬可爱的老班长,我多么希望能再见他一面呀!

绍兴有很多名胜古迹。小时候,父亲曾带我去过的有东湖、兰亭、禹王庙、沈园、府山等。

父亲告诉过我:东湖原来是一座青石山,秦始皇南巡到青石山,在这里停车喂马,故又称为"缤山"。青石山被历代开采,凿成悬崖峭壁。后来清泉河水注入,形成深潭水塘。清末,又在水上筑堤围墙,堤外为河,堤内为湖。

以后,东湖成了风景区,湖内有笔架山、陶公洞、霞川桥、仙桥洞、仙人椅等旅游胜地。仙桃洞侧有副对联:洞五百尺不见底,桃三千年一开花。

仙桃洞边石屋,幽深莫测,中间石墙留有一洞,形若仙桃,真是地上仙境一般。

兰亭,是一座幽静古朴的园林。父亲曾告诉我:从前,有个大书法家王羲之和一些朋友到这里春游,写了许多诗。王羲之趁着酒兴,写了一篇序文,叫《兰亭集序》,共有324个字。王羲之去世前,叫子孙当传家珍宝收藏,后来被唐皇收藏,是中国书法精品。从此,兰亭也由此而闻名天下。现在,兰亭这所园林,是明代重建,内有鹅池碑、流觞亭、兰亭御碑、王右军祠等。

因为《兰亭集序》出名,父亲从小让我背诵,至今还有记忆,现将其全文抄录如下:

父亲旧照(摄于20世纪50年代)

"永和九年,岁在全癸丑,暮之初,会于会稽山阴之兰亭,修禊事也。群贤毕至,少长咸集。此地有崇山峻岭,茂林修竹,又有清流激湍,映带左右,引以为流觞曲水,列坐其次。虽无丝竹管弦之盛,一觞一咏,亦是以畅叙幽清。是日也,天朗气清,惠风和畅。仰观宇宙之大,俯察品类这盛,所以游目骋怀,足以极视听之娱,信可乐也。夫人之相与府仰一世,或取诸怀抱,悟言一室之内,或因寄所托,放浪形骸之外,虽趣舍万殊,静躁不同,当其欣于所遇,暂得于己,快乐然自足,不知老之将至。及其所这既倦,情随事迁,感慨系之矣。向之所欣,俯仰之间,以为陈迹,犹不能之兴怀。况修短随化,终其于尽。古人云,死生亦大矣,岂不痛哉!每揽昔人兴感之由,若合一契,未尝不临文嗟悼,不能喻之于怀。囫知一死生为虚庭。齐彭殇为妄作。后之视今,亦由今之视昔,悲夫!故到叙时人,寻其所述。虽世殊事异,所以兴怀,其致一也。后之揽者亦将有感于斯文。"

小时候,我最羡慕二姐能够跟大人去踏青,逛庙会,而我小,大人不愿意带我去,我只好求二姐回来时给我买点礼物。记得二姐游玩回来,有时给我带点年糕糖、麻酥糖之类的小吃,有时带回来一个七彩荷包、小葫芦等玩具。我得到了这些礼物,能够高兴好几天呢。

在绍兴,父亲带着我去过禹王庙、沈园、府山,印象中只依稀记得禹王庙是纪念为民治水英雄大禹的,沈园是大诗人陆游与唐婉相会的地方,府山一是座像卧龙一般的高山,古树、古迹很多,其他就不记得了。

小学往事

1952年,我随母亲和二姐从绍兴搬家到杭州市,先住在叫红门局的一条巷子里,离红星剧院不远,是租的一间二层楼房。当时大哥和大姐已经在杭州六一针织厂做挡车工,能自食其力了。

第二年,母亲生下了妹妹,起名"顺宝",小名"阿宝",家里有了个小孩,热闹了不少。而我多了个任务,承担起了抱妹妹、背妹妹玩,让母亲有时间好做家务。

不久,又换了一处住房,是在城隍山脚的一条小巷中找了一个大户人家的小花园中的两间旧平房居住。在这里,我开始了学习生

1959年

涯,到上城二小读一年级(1954年9月)。这是一所很正规的小学,入学要检查身体,经常检查个人卫生,身着要求清洁。

在读一年级时,学校就在城隍山脚边,下午放了学,就经常和同学爬城隍山、紫阳山,饿了买三分钱一碗的甜酒酿,三个同学分享,高兴得像过节一样。

小学二年级上学期(1955年秋天),我家搬到了上城区解放路银枪班巷

3号,租了一大一小两间一楼住房,我也就转学到了马市街小学读书,同班同学现在还记得的有谢选萍、郑家康、邢铁尔、吴蓉蓉、冯庆荣、戚定、孙国权……在小学最难忘的事就是小学4年级时,我在小营巷见到了毛主席。

小营巷,位于杭州市上城区解放路右侧浙二医院后身,是条狭小的居民聚居的普通小巷,其名是以太平天国时期住过一个小营军队而命名。

1958年1月5日那天,晴空万里,阳光灿烂。毛主席来到了小营巷这条普普通通的小街道。他老人家在市委领导陪同下健步走进61号院门时,看到两个小姑娘在聚精会神地下棋,就轻轻地走到她们身边,对她们说:"我到这里来看看你们的卫生工作,好吗?"

"好!好!欢迎毛主席!"姑娘认出毛主席,高兴地回答。

毛主席看了院里的住房、灶间和饭桌,又亲手打开菜橱看了看,一切都很干净。他老人家很满意,并关心地问大家:"你们这里有没有巷蝇?有没有蚊子?"大家回答说:"没有苍蝇,蚊子也很少。"

毛主席接着走进56号院子,在天井边停下来,用手揭开一只水缸的盖子,仔细地瞧了瞧。居民区干部向毛主席汇报说:"缸里装的是雨水,里面养了鱼,就没有孑孓了。"毛主席称赞这个办法好。

毛主席走进屋后的菜园,菜园里有个粪缸。居民区干部介绍说:"这个粪缸在夏天也不生蛆。"毛主席问:"怎样才不生蛆呢?"居民回答说:"用石灰撒在上面,三天撒一次。"毛主席微笑地点点头。

然后,毛主席走进厨房,揭开锅盖,看烧的什么菜,并亲切地和居民谈话,详细地询问居民的生活情况。

毛主席走进一个青年工人的卧室。室内收拾得整齐,桌上放着几叠书。毛主席坐下来,关怀地问他在看什么书,在哪里工作,并翻阅了放在桌面上的学习笔记。

最后,毛主席又来到42号大院落。这是一座太平天国时代建筑的房屋。房子虽然古老,但是泥地上没有一点垃圾,石子路上找不到杂草。毛主席看了两家居民的卧室,看到床上没有挂帐子,关心地问:"不挂帐子,没有蚊子吗?"旁边的居民回答:"这里就是在夏天,蚊子也很少。"毛主席听了满意地点点头,鼓励大家说:"你们的卫生工作做得不错。"给居民以热情鼓励。

毛主席视察小营巷后，这里的居委会把每月5日、15日、25日定为爱国卫生日，建立了毛主席视察小营巷卫生工作陈列馆，在墙上写上"这里是毛主席到过的地方"，永远不忘毛主席的恩情，扎扎实实做好群众性的除害灭病工作，成为全国卫生工作先进单位。

我家当时住在和小营巷相连的银枪班巷。

那天中午，吃过午饭，大姐和大姐夫陪母亲去戏院看戏，我送他们走出大门口，看见小营巷方向人山人海，不断高呼着"毛主席万岁"的口号声。我二话没说，立刻以百米冲刺的速度跑了过去。到了小营巷，只见巷子里停着三辆轿车，中间的一辆车门口，站着毛主席，他身穿银灰色大衣，身材魁梧，正举着手向周围群众挥手示意，不少群众伸手过去，要和主席握手。我被人群挤到了离主席有二三米远的地方，毛主席的笑容看得十分清晰。毛主席和周围的群众握了一阵手，然后就坐上车慢慢开走了。1月5日，是我最幸福最难忘的日子，那年我11岁，见到了领导中国人民推翻三座大山的毛泽东主席。比我更幸福的是小学同学戚定，那天他在小营巷玩，见到毛主席后，跟着毛主席访问了三个墙门，和毛主席在一起合了影，其中有一张是毛主席坐在椅子上看杭州日报，戚定就坐在主席身旁。事后，戚定同学还在全市少先队员会议上，讲述了他见到毛主席，和毛主席一起合影的经过。毛泽东主席关心群众、平易近人，和老百姓心连心，给幼小的我留下了深刻的难以磨灭的印象。

在毛主席来小营巷检查卫生的八周年纪念日，我心情激动，写下了一首《幸福的回忆》：

  红红的太阳晴朗的天，
  小营巷绿树丛中红旗展。
  广播喇叭歌声喧，
  笑语声声不断。
  一望到墙上的毛主席像，
  引起我幸福的回忆……
  也是这样的太阳这样的天，

毛主席来小营巷把卫生察看。

冬青树招手，腊梅花迎，

居委会主任陪毛主席进墙门。

在正方的天井，

毛主席和大家谈笑风生。

慈祥的笑容，亲切的语言，

如同珍珠掉进银盘。

白发大娘热泪盈眶，

红领巾把赞歌献上。

毛主席在巷里徐徐行，

一股暖流进了老百姓的心。

踮起脚跟，伸长脖子，

多看一眼毛主席。

幸福、难忘、光荣……

最美的字也难以描述形容。

欢呼、鼓掌、激动，

"毛主席万岁"响彻天空。

记得当时马市街小学校长叫张明华，是一位三十多岁漂亮的女教师，个子高高的，声音大大的，我们每个学生都愿意听她做报告，听她讲课。在学校里，除了上课，我课外爱好有二项，一是喜欢读课外书，小人书，二是喜欢集邮，经常在休息天和同学一起去邮局和集邮店买些邮票，几乎集齐了从开国到当时的所有发行的邮票。可惜在下乡后散失了。

小学同桌叫邢铁尔，他的妈妈是本校的老师，爸爸是杭七中的老师。我们俩成了形影不离的好朋友，一起听课，一起玩，一起做作业，有时候还被留在他家吃完饭才回家。小学毕业后，我们还特意上海燕照相馆留了影。邢铁尔考上了船泊学校，在杭州六和塔钱塘江边。我上了紫金初中以后，还经常和他通信联系，有时还骑车到他学校看他。我上高中时，他上了江苏泰州的船舶中专。他有两个妹妹，"文革"中也都下乡到了黑龙江。1974年春，我回杭探亲,还请他到家中做客,到他家中看望了他的父母,后来再也没有见面,失去了联系,不知他和他的家长近况如何？回想起少年时的友谊,真叫人想念。

小学同学谢选萍,成绩很好,一直是班级前几名,是同学们尊敬的班花。她住在银洞桥一座大院子里,有时候学习小组一起学习,也常上她家找她学习。小学毕业后,不在一个初中,到了杭一中读高中,我在三班,她在四班,又遇到了。后来又一起报名下乡到黑龙江插队落户。我在一队,她在二队。下乡第三年我调到了公社工作,后来做知青助理,一次民主推荐上大学,我向乡党委推荐了她。

她顺利通过考核,上了黑龙江大学,毕业后分配到同江县委党校当教员,有一天,到我家中看望,留她吃了顿便饭。她于1978年返回杭州市,在电影学校当老师,后担任学校书记工作。2007年5月我退休回杭州探亲,在一次同学宴请时,她作陪,见过一面。她告之和下乡的张占明同学结婚,生有一女,已大学毕业。2009年7月,下乡40周年之际,她和丈夫返回同江看望,途经哈尔滨特意到家看望我,又匆匆见了一面,唠了一阵。作为老同学,我送给他我写的几本书作为留念。60多岁了,小学时代的同学还能够见面,也算是一种缘分吧！

在小学二年级时,还有一件趣事:坐在我前排的男同学把班级里最胖的姓姚的女同学(她的父母是卖豆腐的)的照片给我看,并告诉我,她是他的对象。我当时觉得很好笑,偷偷告诉了好友邢铁尔。后来听说,这位男同学初中毕业就当了兵,退役后在杭州市找了一份工作,真的和这位姓姚的女同学结了婚。这可真是一个早恋的纯洁的爱情故事,让我惊叹不已！

小学毕业没有留下毕业照,如今从旧相册上只找到二张合影,一张是我和好友邢铁尔两人照的一寸黑白照,一张是我和同班同学冯庆荣、孙国权、郑家康一起照的二寸黑白照。冯庆荣同学在我读中学时还时有来往,在我1974年春节回家结婚时,冯庆荣还特意送我一个大号铝水壶作为贺礼,一直用了十多年呢。当时他在杭州一家铝制品厂工作,还住在原先的一个旧二楼里,我返回黑龙江时,还请我到家一起吃了顿饭。他自己下厨,做了白切鸡、红焖鱼,一起喝了一斤黄酒,一边喝一边回忆小学时的事,讲了很多很多……

紫金初中

紫金初级中学,位于马市街旁的紫金观巷。我从马市街小学毕业后,升入了紫金初中读书。

那是1960年秋天,刚入学不久,班主任苏融老师组织我们学生去玉皇山上收集松子,到六和塔旅游,到农村良渚公社参加劳动,学校农场养猪,过节时烧红烧肉给每个学生分一块……给我留下了难忘的记忆。

苏老师当年30多岁,已有两个上幼儿园的女孩。她个子不高,但说话干脆利索,对班级学生要求很严。她给我们讲数学课,一些公式要求我们背得滚瓜烂熟,考试起来真派上了用场。因为苏老师的影响,我的数学成绩一直在班级处于上游,有几次全市数学统考,都取得了好成绩。

1963年

苏老师还组织我班成立少先队合唱队,经常到市里参加合唱队演出,保留节目是唱《中国少年先锋队队歌》,歌词现在还能唱:

  我们是共产主义接班人,
  继承革命先辈的光荣传统,
  爱祖国,爱人民,
  鲜艳的红领巾飘扬在前胸……

还有一首常唱的是《共产儿童团歌》：

准备好了吗？
时刻准备着，
我们都是共产儿童团，
将来的主人，
必定是我们。
地地打地打，
地地打地打……

演出时，我们每人穿白布衫、蓝裤子、戴上鲜艳的红领巾，威武极了。

这种集体活动，从小培养了我们的集体主义精神，热爱集体、热爱班级、热爱老师，热爱同学，在我幼小的心灵中，留下了难忘的回忆。34 年后（2007年）的 5 月，我退休后回杭州探亲，特意去看望了满头白发 80 高龄的苏老师。当我从学校教务处打听到苏老师的住址，敲开苏老师家的门，一眼就认出了苏老师。我给苏老师送了鲜花和水果，表达学生对老师的一份敬意，同时送给老师一本近作《岁月散记》，汇报自己这些年的工作和生活情况。

和苏老师谈话中，我了解到她的两个女儿中学还没有毕业也下了乡，在农村吃了不少苦，受了不少罪，还患了病，后来陆续返城参加了工作。如今苏老师和她爱人都从教育战线退休多年。前不久，苏老师的老伴刚出医院，两个女儿要送两位老人去疗养院疗养一段日子，今天特意来家做些准备，碰巧让我都见到了。

在谈话中，还回忆起我初中毕业，由于成绩优异，被学校保送去西安军事测绘学校的事。我告诉苏老师，当时我和初中另一位姓单的同学到九里松部队医院体检合格，都见到了西安军校的老师，告诉我等待政审调查，可是因为我的大姑父在担任杭州市副市长期间被打成大右派，大右派的侄子，自然株连，所以军校没能去成。

和苏老师说起往事，说起同学，她的记忆还很清晰，说话还是那样娓娓动听。临走时，她让我留了我和杭州大学教授张邦俊（初中同班同学）电话，一起留了影。

在紫金初中,还有一位难忘的教语文的朱瑞先老师,后来才知道她就是著名女作家张抗抗的母亲。关于朱老师一生的艰辛,都是后来读了张抗抗写的长篇传记文学《赤彤丹朱》之后才知道的,使我对这位教我的女教师油然而生敬意。后来我走上了少数民族文学研究的道路,和这位文学启蒙老师,有着一定的影响。

杭州一中

1963年9月,我考入了杭州一中这所著名的学校。杭州一中是浙江首批重点中学之一,最早建校于1899年,先后叫两级师范、第一师范,省立一中、省立高中,省立杭高等。至今已有百年历史,学校曾经有过如沈钧儒、经亨颐、马叙伦、蒋梦麟、崔东伯这样知名的校长,还曾有过如鲁迅、许寿裳、陈望道、刘大白、朱自清、叶圣陶、李叔同、俞平伯这样知名教师,还有许许多多在国内外驰名的校友。

1950年入学校友李起陵写的一首七律,代表了众多校友对母校华诞的庆贺之情:

1966年

峥嵘岁月八十年,
代谢靡尽创新天。
名师辛勤育群彦,
母校美誉日增添。
海外赤子归故土,
程门立雪之江边。

人人会当攀峰巅。

报效祖国竞争先。

在杭州一中读书三年,最难忘的有以下几件事了:

一辆自行车

一中离我家很远,步行得走一堂课时间。母亲为了让我省下时间学习,省吃俭用挤出家庭开支2元钱给我买了公共汽车的月票。到我上高三的时候,学习更紧,母亲又用平日节省下来的30元钱,给我在旧货市场买了一辆旧自行车,从此,我上学骑上了自行车,受到了多少邻居小朋友的羡慕,我从心底为有这样的好母亲而自豪。

崔东伯校长

崔东伯校长给我们讲数学大课,好几个班级学生集中在学校礼堂授课,课堂上静得只有崔校长的讲课声,学生们没有半点动静,好像都在闭着呼吸静听,此听课风气,堪称一绝。学生们一提起崔校长,没有一个不伸出大拇指称赞的。高中毕业离校后,再也没见到崔校长。后来在一本杭州高级中学八十周年校庆纪念册上看到崔校长的消息:著名教育家,浙江省政协副主席崔东伯于1987年11月15日逝世,享年89岁。讣告中还说:"根据崔东伯同志生前遗嘱,不开追悼会,不举行遗体告别仪式,火化后骨灰撒在钱塘江里,终生育人,品行高尚,他的高大形象已深深地铭刻在学生们的心碑上。"

鲁迅亭前

1963年秋天,入学不久,我们高一(3)班的班主任郑无畏老师带领我们全班学生在后花园参加种菜浇粪劳动之后,在鲁迅纪念亭前留下了一张唯一的全班合影。到高三毕业时,由于"文革"的原因,学校内红卫兵造反,乱哄哄的,连一张毕业照也没有拍。1999年学校100周年大庆时,班长包桂标等编了一本杭州一中66届高三(3)班同学通讯录寄给我,才在离校33年之后,有了同学的一些信息。

一篇作文

我在读高三时,语文老师周文炎上完语文课,布置了作业,让大家写一篇作文。我讲述每月只挣三十几元工资的二姐夫赡养三位母亲的真实故事当作文交上去了,没想到得到了周老师的好评,说我的这篇作文赞颂了生活底层普通人的真善美,还让我寄给《杭州日报》。稿寄出不久,这篇作文以《姐夫一席话》的标题,刊登在1965年11月16日的《杭州日报》上。这是我的处女作,从此起步,踏上了漫漫文学之路。一走就是50余年。

农村朋友

上高二时,参加双抢劳动,学校组织学生来到郊区七堡公社七堡大队(是同班同学孟金莲的家)。当时分配我住在一家农民家中吃住,姓沈,我叫他沈大伯,他有个儿子叫沈久经,二十多岁,在小学当老师。双抢结束,回城时,我和沈久经成了朋友。1967年夏,沈久经邀请我去他家玩,我和同学屈立伸、蒋光永一起到他家受到热情招待,吃住了三天,后来沈久经结婚,我骑自行车陪他把新娘接到家中。平时年节和上杭州开会办事,他也顺便来杭州家中看望我。我出发去边疆前,曾经有个念头想去他那里七堡插队落户,但是毛主席关于"上山下乡"的指示一发表,同学们都报名去黑龙江,我也就随大帮,报名去黑龙江了。48年过去了,我先后去七堡二次看望沈大哥,他已经从学校退休在家,还在原来地方住,但已经盖了新房。他的大儿子一家去了美国定居,他和小儿子住在一起。

文娱委员

考上杭州一中后,班主任郑无畏给了我和同桌张兆铃两个不大不小的官职:让我担任班级文娱委员,让同桌担任体育委员。当时的班长是女同学韩曦龄,个子不高,长得很秀气,是我们高一(3)班的班长。(1969年3月一起下乡到黑龙江同江县三村公社,第二年有病返城,直到2010年9月我回杭州,在同学聚会时才见一面,40多年未见,见了后并没有陌生感,可能是三年的高中学习,留给人的印象太深了。)

文娱委员,在班级也算是个"官",可这"官"实在不好当。顾名思义,文娱委员是组织全班同学搞好文娱活动,可我从小学到初中,做过红领巾小队长、学习委员、课代表之类的工作,还从未做过文娱工作。

即当之,则做之。在我担任这个文娱委员将近一年中,主要做了以下三件大事:

一是在下午自修课时间,我往黑板上抄写当时流行的新歌,请班里歌唱得好的女同学教给大家。记得有一段时间,同学们喜欢秋收起义组歌,我就找来了歌词歌谱,抄写到黑板上,请女同学孟金莲教给大家,不久,大家就都学会了。孟同学高中毕业就回乡和同村复员兵结婚成家了,1969年3月,我去边疆同江县下乡前,她得到消息,特意到杭州我的家里送行,送给了我一套红宝书《毛泽东选集》。她生有一子一女,后来当了老师和干部,据说退休后盖起200多米的住宅,也真是个女强人。

二是和同班同学李解民学跳西藏歌舞《逛新城》,参加了全校的文艺会演。为了演好这个节目,我们特意上区文化馆学习舞步,然后一起排练了好几次,我借了父亲的一件旧羊毛皮袄当演出服,反穿在身上,化妆成一位藏族老人。记得当时唱的台词中有这样的话:"儿子哎,快快走,看看拉萨新面貌","阿爸哎,快快走,看看拉萨新面貌","快快走来快快行啊,啊呀呀呀啊呀呀!"

节目演出后,受到了学生会文娱部长陈和的表扬。和我一起参加演出的同学李解民,直到2010年我有了他电话,给他打过一次,才得知他1968年当兵,后来保送到北大学习,毕业后分到北京,在商务印书馆工作,一直到退休。

三是组织排练大刀舞《秋收起义》。这次参加排练的有十几名男女同学,记得主角是拿火把的大个子陈京生。为了练好这个节目,初中是杭女中的女同学周一炎特别热心,下课领我们一起去杭女中学习大刀舞的基本舞步,回到学校后,又反复排练了多次,最后在全校文娱晚会上登台亮相,被评为了优秀节目。40多年后,即2010年9月,我回杭探亲,在一次老同学聚会上,见到了周一炎和她的丈夫(我的同班同学)高春林,看上去风采依旧,和当年没有太大变化,一见面一眼就能认出来。

一本诗抄

在杭州一中的三年课余之时,我练习写诗,结集有百余首。因为这些是在练习本上速成,如小孩学步,故名《学步集》,1967 年,曾油印一本留作纪念。今翻箱子底找到,从中抄录 18 首,作为在杭州一中学生和劳动生活的纪念。

无题

烟花鞭炮响震天,
辞旧迎新又一年。
少年立下凌云志,
人生处处有青山。

(1964 年 1 月 1 日)

满江红——写给高一(3)班同学

开学春风,班面貌焕然不同。问根源,学习毛选,活学活用。四十九人心一条,边学边议边行动。送走瑞雪迎来新春,笑谈中。

学雷锋,做好事;仿八连,练硬功。事事争先进,奖旗鲜红。思想学习身体好,红专路上齐攀登。不骄不傲勤奋读书,全班红。

(1964 年 4 月 28 日)

田头自嘲(两首)

　　　　(一)
　一行翠绿又一行；
　田头作物难分清。
　指着络麻说棉花，
　逗得大伯笑哈哈。

　大伯耐心细细教，
　我面红心跳开口道：
　"大伯请你要答应，
　收我做个小学生！"

　　　　(二)
　扁担放上肩，
　挑起悠悠颤。
　摇摇摆摆往前冲，
　模样真好看！
　"小伙子,息息吧！"
　"不！让我再练练……"

　赤脚在田里，
　插秧不齐真生气。
　"小伙子别生闷气，
　多插一会就会齐！"
　受到大伯的鼓励，
　埋头插秧一身泥。

(1964年8月30日)

公社人物三首

管瓜伯

瓜园飘香,
堆着西瓜、香瓜。
管瓜伯一见来人,
打开话盒把瓜夸,
"这可不是寻常瓜,
是咱公社幸福瓜!"

党支书

一顶旧草帽头上戴,
一双红脚棒遍地迈,
你要找党支书,
请到村头田里边

放牛娃

放牛娃,手拿花,
牵着牛儿到田畦,
手指田里黑油土,
对着牛儿把活啦,
"牛儿牛儿告诉你,
明天不再用你啦,
新买机器来耕田,
送你养老去新家!"

(1964年8月31日)

给我们学校—杭州一中

主席宝书不离身,
头脑天天搞卫生,
一颗红心为革命,
愿做不绣螺丝钉。

阶级教育如明镜,
分辨是非立场清,
牢记阶级仇和苦,
不忘天下受苦人。

站在教室看世界,
紧握笔杆不松劲。
学好本领为祖国,
红专路上敢攀登。

(1965年7月14日)

父亲的礼物

灯下儿子收拾行装,
明天就要离开家门。
去的是遥远的宁夏,
走的是革命的航程。
父亲从箱子底,
拿出了几件"传家宝。":
"这是你爷爷留下的讨饭棍,
这是我家三代用过的背纤绳。
你哟,笔杆代替了讨饭棍,

你哟,幸福命摆脱了短命绳。
要不是如今新社会,
你那能成为高中生?
明天你要去宁夏搞建设。
传家宝给你带在身,
它能给你辨别敌和友,
它能教你懂得爱和恨。"
一席话讲得满天红霞,
红日把年轻人的前程照得一片光明。

(1965年9月5日)

采桑子·国庆

喷薄红日蒸蒸上,岁岁国庆,今又国庆,遍地锦绣日日新。
东风劲吹火焰高,不似鲜红,胜似鲜红,革命风雷四海中。

(1965年10月1日)

赞新文化的旗手鲁迅

在那黑暗笼罩的时候,
你用笔唤醒了青年,
走向迎接黎明的道路。

在那阴云密布的岁月,
你用自己的双肩顶住了闸门,
"放青年到光明的地方去"。

在那豺狼当道的日子,
你用自己锋利的匕首和投枪,

击中敌人的致命之处。

在中国革命大动荡的年代，
你铮铮铁骨，立场坚定。
始终"代表全民族的大多数"。

在革命的文学战线，
你勇猛顽强，冲锋陷阵，
奠定了中国革命文学的基础。

(1965年10月21日)

歌唱"四十条"

"四十条"好比是金桥，
条条通向幸福道，
改造穷荒换新天，
社员个人乐陶陶。

"四十条"好比是春风，
吹得公社春意浓，
巧手织出锦绣图，
社会主义乐融融。

"四十条"好比是珍宝，
要得珍宝就得找，
万众一心举银锄，
五谷丰登日子好。

提前实现"四十条"，

比学赶帮办法好,
主席著作细细读,
"规划"实现在明朝。

(1965年10月29日)

田头诗两首

播豆

雨丝绵绵,
播豆的好天。
你插洞,
我把豆种添,
他盖上灰,
我又把洞填。
豆种,
播到了田间,
友谊,
播进了心间。

割稻

手握镰刀,
心口怦怦跳……
望着滚滚的金浪,
不知怎么下手才好。
大伯朝我笑了笑,
把着我的手教。
"放下臭架子,
虚心向农民学习。"
手拿镰刀,

心口呼呼跳……

(1965 年 11 月)

儿歌两首

　　（一）

爸爸听了主席话,
技术革新骑骏马。
妈妈听了主席话,
科学种田干劲大。
哥哥听了主席话,
手持钢枪保国家。
姐姐听了主席话,
插队落户在宁夏。
我也要听主席话,
做个公社好娃娃。

　　（二）

北斗星,亮晶晶,
好像一盏指路灯,
好雷锋,好王杰,
就像天上北斗星。

向日葵,一排排,
脸儿朝着太阳开。
好雷锋,好王杰,
就像两颗向日葵。

青松树,立山巅,

不怕风雪和严寒。
好雷锋,好王杰,
就像青松立山巅。

(1966年1月25日)

我爱春天

我爱百花争艳的春天,
祖国的山河锦绣壮观。
我爱万物生长的春天,
辽阔的大地生机盎然。
我爱百鸟歌唱的春天,
歌唱祖国、歌唱明天。
我爱和平祥和的春天,
鲜艳的红旗蓝天招展。
我爱温暖和煦的春天,
在桃红柳绿湖边游玩。
我爱先烈血染的春天,
加倍珍惜,更加爱恋。
我爱春天,
我爱春天的祖国,祖国的春天!

(1966年1月26日)

和郑家禔老师

师生劳动西湖边,
雨中西子更娇艳,
双肩挑起里外湖,
新人改造六桥颜。

(1966年3月)

郑老师原诗：

　　银锄挥舞六桥边，

　　湖山改造大加鞭，

　　胸有宏图身有力，

　　铁肩挑起地和天。

3号大院

　　3号大院即银枪班巷3号墙门，位于杭州解放路一侧，和毛主席到过的地方——小营巷相连，长有百米，听说太平天国时，这里住过银枪班，故名。

　　在3号大院，我从1955年秋天住到1969年春天，整整住了14年，整个少年时期读书阶段都在这里度过的，有喜怒哀乐，有母爱亲情，还有朦胧的友情……

1969年2月于3号大院

　　3号大院位于银抢班巷头上，对面是杭州市圆珠笔厂。院内是老房子，建于太平天国时期，二层楼，前后都有天井。后天井正中有一口井，全院的人都用这口井水。天井两旁都有厢房。房东是位七十多岁的老太太，叫董周晓蓉，丈夫早逝，她靠出租房子为生。她自己和小儿子住楼上楼下两间，其余房子租给八户人家。

　　第一户，我们老黄家，前天井一楼的客厅左边一间和天井里的左厢房。大房间住着母亲、二姐和小妹，厢房住着外婆和我。父亲常年住厂里宿舍，星期日才回家。

我们家大哥结婚后,在外面租房住。大哥后来调到杭钢工作,大嫂原是杭州针织厂党总支副书记、工会主席,后来调到市运输公司组织科工作。他们膝下有二子一女,其中小儿子黄林最出息,在四川建筑工业大学毕业后,分配到北京搞园林设计,后来调到深圳建筑设计院工作,走上了领导岗位。二姐结婚后有一子一女,儿子在饭店工作,收入也不错。小妹结婚后生有一女,现在省外贸公司工作,唯有妹夫因车祸去世快30年了,给一家人带来了极大的不幸与痛苦。小妹从市园林饮食部退休后一直闲居在家,靠退休金和把父亲的房屋出租生活。

第二户,叫叶松柏,在杭州王星记扇厂工作。他的妻子我叫叶妈妈,也是六一针织厂的工人。他有4个儿子3个姑娘。大儿子永先在六一针织厂做工,二儿子永茂医学院毕业去了福建省工作,后来也回杭州了。大女儿阿毛在小营巷幼儿园当园长,小女儿阿英也搞幼儿工作,两个小儿子阿祥、阿庄下乡去了大兴安岭,后来也都返城工作了,二女儿阿娟比我小两岁,属牛,从小青梅竹马,一起上学、一起长大、一起游戏,在"文革"时期闲在家中,老在一起玩;还帮我抄写了一本歌曲集,一本我写的诗歌集,如今还一直保存在我的身边,是我们友谊的纪念。1969年下乡时,我去了边疆,她本来想和我一起走的,可是双方父母不同意,她听父母的话,去了杭州附近的临安玲珑公社玲珑大队。头一年有几封信互通消息,第二年她就告诉我已在农村和一个农民结婚了。当我1971年秋因母亲病逝返城探望时,见到她的女儿已有几个月大了。1990年10月父亲病逝,我回杭州,又见到了她。当时她在县幼儿园工作,丈夫在县城开了一家毛线批发零售店,收入还行,女儿已19岁了,儿子也读小学,有10多岁了。再以后一直未通消息。我遥祝她全家幸福,身体健康。

第三户住在后面的客厅,紧挨着我家那间,夫妻俩,男的是位会计,女的被打成右派下放农村,每年过年回来一次。两个女儿,一个叫玮秋,一个叫重秋。玮秋和我同岁,重秋小几岁,也是小时候常在一起玩的伙伴。后来听说玮秋下乡后,就在当地农村结婚了。

后天井的左厢房原先有一家,后来搬走后,我的大姐结婚,住在了这间不足 10 平方米的房间里,放下一张床,一个写字台,一个五斗橱,就再没有多大空间了。我的外甥女曼玲,外甥沈云、沈飞都是在这里出生的。我的青少年时代常和他们在一起游西湖、逛马路、爬山,充满了童趣和快乐。现在,大姐在针织厂退休,大姐夫在省外贸公司退休,过着幸福的晚年。大外甥在省外贸公司上班,一家三口,生活很幸福。小外甥自己开了一家公司,外甥女提前从针织厂退休在家,没事炒股玩玩,她的丈夫在市公安局工作,孩子也已大学毕业了。

大姐家对面厢房住着一家,男的在外地工作,过年过节回来,女的我们叫她叶师母,领着孩子生活,日子过得也很紧巴,是墙门里的困难户,后来孩子长大后,生活都改善了。

二楼左边一家夫妻俩,有二个孩子,一男一女。男的姓朱在上海工作,也是年节回来,平日就是朱妈妈上班,和二个孩子生活。男孩叫朱德章,长得胖乎乎的,十分可爱,"文革"停课那几年,男孩经常跟我出去照相、游泳,成了好朋友。后来听说他毕业后在杭州西湖电视机厂工作,希望回杭州市再能见到他。

楼上中间住 2 家,靠前天井的一家,我家刚搬来时,住着一个挑担买货的货郎,和小老婆住在一起,在农村还有一个大老婆。到"文革"前,这家搬走,新搬来一家年轻夫妻,男的在一家工厂工作,女的是文艺团体的,爱唱歌,只要休息天,就像收音机放的一样,大院里的人都喜欢听她唱歌。

楼上中间另一家夫妻俩,有二女一男。男的也是做会计的,有一年突然脑中风去世了,留下这位阿婆扶养三个子女成人,靠给别人洗衣服帮佣为生,生活十分艰难。两个女儿叫重玉、莲玉,是双胞胎,儿子叫老凯,比我小几岁,也是童年游戏的伙伴,有时还会为小事吵上一架,过后又什么事也没有,又跑到一起玩了。长大后,他们都在杭州成了家,每次回杭都听大姐提起过,因为房子妹妹和哥哥闹别扭,话都不说,看来清官难断家务事,家家都有难念的经,祝他们能和好如初,兄妹团圆。

房东董老太太有个外甥,跟我年龄差不多,下乡时去了杭州郊区的一个农场,后来再也没见着。两个外孙女下乡时去了黑龙江农场。房东的小儿子是从部队文艺兵转业,回到杭州在针织厂工作,住在二楼右边的房间,一家四口,女的做卫生工作,两个孩子一男一女。小男孩小学毕业考了戏校,后来成了一名很受欢迎的演员。听说还拍了电影呢!

3号大院一共住了八九户人家,虽然工作不同,学历不同,但住在一个大院,天天见面,日日相处,像一个大家庭一样,谁家有事都互相帮助。我读初中时,外婆去世,就是二楼中间这家叔叔从工厂开来汽车,把外婆的棺材送到了公墓安葬的,出了不少力。我的父母十分感谢,经常在我面前说:"以后叔叔家有事,我们也应该出出力!"

3号大院和整条银枪班巷的一侧全部于1978年拆掉,后来重盖了4栋6层楼。3号大院的住户全部住进了新楼房。父亲分到二栋一楼的二居室,大姐分到了四栋五楼的小三居室,都比过去的住房面积大了些,很满意。

3号大院消失了,但是每次回杭探亲,走在银枪班巷里,一边是老房,一边是新楼,我还是更怀念那个度过青少年时期14年的3号大院,怀念曾经住在3号大院里的每一个人。

写于2006年5月哈尔滨市道里区家中

后　　记

岁月,像流水,像闪电,匆匆而过。人至暮年,好回忆往事、遐想未来、缅怀故亲、回味亲情、追忆师友、感叹人生……

《岁月回忆录》始于 2016 年春节。当时,静下心来想想,人老不能不服老,趁身体还好,老年病稳定期,抽点时间,回想回想,写点自己的故事,一是自娱自乐,二是给小辈留点白纸黑字的东西,多少不限,顺其自然,到差不多了,就打字、校对、装订,弄个小册子就好了。

国庆前夕,完成草稿,约 4 万余字。国庆放假,和洪儿、春春去哈尔滨看望叔叔,听说乃琴她们也在写回忆录,兄弟姐妹分头写,最后合起来修改补充,成一本全家的书。

受到启发,我回杭再修改补充,一是重新编排,二是文句修改,三是补充了三篇回忆,改呀改,一直改到 11 月底。

后来,任远来电,建议出书,他帮助修改补充,那当然更好。12 月份又继续写,补充了二篇:报道篇和家事篇。

《岁月回忆录》有 16 万字,分为岁月篇、回忆篇、报道篇、家事篇等四辑,还有二篇附录:外婆讲的故事和弟弟的回忆文章。

收入《岁月回忆录》中最早的文字发表于 1953 年 3 月《杭州日报》。最后的一篇写于 2016 年 12 月,时间跨度 63 年。每一篇文字都记录了我在这 63 年人生中的所见所闻,喜怒哀乐;每一篇文字都有着一段难忘的故事,人生的经历;每一篇文字都饱含着友情、亲情和人情。这是我一生中做的最开心的一件事:打开尘封岁月,回忆似水年华,记录生活的点滴,感受亲情的温暖。

当这本回忆录出版之际,我首先要感谢弟弟黄任远的出书建议,帮助我修改和补充。感谢责任编辑吴英杰的辛勤劳动,感谢黑龙江人民出版社的帮助,感谢儿子钱洪、黄林、女儿春春。钱洪还帮助修改和打字,春春帮助校对和修正,我都是要感谢的。

年纪大了,健康是福,活着就好,人要知足,知足常乐,一切随其自然,其他,别无所求。

最后,给老黄家的后代留几句话,要好好牢记和传承下去。

一是要快快乐乐面对生活,踏踏实实做好事情;

二是要清清白白做人,公公正正做事;

三是要孝敬老人,善待兄弟,关心朋友;

四是要努力学习,掌握知识,为民服务;

五是要感恩别人的帮助,谢绝别人的馈赠;

六是要为国家强盛努力,要为人民富裕贡献;

七是要尊敬别人,学习别人,弥补自身不足;

八是要诚信做人,诚信待人,诚信交人;

九是要善始善终,不言放弃,一生勤奋;

十是要笑对人生,丢掉烦恼,无私奉献。

2016 年 12 月 24 日于杭州